别让你的努力
输在不会表达上

宋犀堃　主编

百花洲文艺出版社

图书在版编目(CIP)数据

别让你的努力,输在不会表达上 / 宋犀堃主编. —
南昌:百花洲文艺出版社,2018.12
　ISBN 978－7－5500－3076－3

　Ⅰ. ①别… Ⅱ. ①宋… Ⅲ. ①人际关系－语言艺术－
通俗读物 Ⅳ. ①C912.13－49

　中国版本图书馆 CIP 数据核字(2018)第 247971 号

别让你的努力,输在不会表达上

宋犀堃 主编

出 版 人	姚雪雪
出 品 人	杨建峰
责任编辑	刘 云 黄文尹
美术编辑	松 雪 王 进
制 作	王 进
出版发行	百花洲文艺出版社
社 址	南昌市红谷滩世贸路 898 号博能中心 A 座 20 楼
邮 编	330038
经 销	全国新华书店
印 刷	三河市众誉天成印务有限公司
开 本	880mm×1270mm 1/32 印张 8
版 次	2018 年 12 月第 1 版第 1 次印刷
字 数	196 千字
书 号	ISBN 978－7－5500－3076－3
定 价	29.80 元

赣版权登字 05－2018－464

邮购联系　0791－86895108
网　　址　http://www.bhzwy.com
图书若有印装错误,影响阅读,可向承印厂联系调换。

前　言

当今社会，高超的表达能力已经成为现代人成功的必备条件。不少领袖、企业家、名人因为善于表达而名震一时。表达能力俨然已经成为一个人综合素质的重要标志，成为个人在社会上生存的必备能力之一。在生活中，拥有高超的表达能力，可以使陌生的人互生好感，结成友谊；可以使相互熟识的人之间情意更浓、感情更深；可以使意见分歧的人互相理解，消除矛盾；可以使彼此怨恨的人化干戈为玉帛，友好相处。

所谓表达能力，其实就是说话的能力。说话作为人们最简单、最直接的表达方式，它的重要性是不言而喻的。我们已经告别了那种"鹦鹉学舌，不离于禽；猩猩能言，不离于兽"的人云亦云的时代。在纷繁复杂的现实生活中，学会更深刻地领悟话语的真谛，学会如何讨人喜欢地说话，显然是大势所趋。

当今的社会，是一个人际关系复杂、社会活动频繁的社会，无论做什么，都需要先用语言去沟通、去交流。一个会说话的人，每说一句话都能使人如沐春风、温暖无比；而一个不会说话的人，一句话出口，则能使人如坠冰窟、寒彻透骨。同样是说话，为什么会有如此大的区别呢？这其中的关键原因就是有人能口吐莲花，把一句话说得如丝竹琴瑟般悦耳动听、讨人喜欢，而这样的人，也大都是生活中的成功人士。 而那些失败者则大多败在了不会说话上。

学会用讨人喜欢的方式说话，是一件看似简单实则不易的事。说简单，是因为我们每个人都会说话，都知道说话要做到讨人喜欢；说不易，是因为把握别人的心理很难，而且绝大多数时候说话是即时的，容不得你仔细斟酌。 那么，怎样才能让自己说的话更具魅力，更讨人喜欢，字字如珠玑，句句入肺腑呢？ 答案就在本书中。

本书通过大量经典的口才实例，从赞美、批评、拒绝、谈判、辩论等方面生动具体地阐释了好口才是怎样炼成的，并介绍了很多提高说话水平的实用方法。

本书用通俗易懂的语言、娓娓动人的故事、实际有效的例证，向读者介绍了各类情况中的口才艺术以及生活中口才的训练方法，其内容易懂易学，方便实用，借鉴性及操作性极强。 书中介绍的方法与技巧，让你在上司面前应付自如、在同事面前侃侃而谈、在谈判桌前游刃有余、在经商路上招财进宝、在客户面前落落大方……

当你逐页阅读本书时，你会从中学到说话轻重有度、褒贬有节的批评技巧；会学到进退有余地、游刃有空间地与他人说话的方法；会明白与同事说话要知深浅，与领导说话要讲策略，求职时说得好不如说得妙……

总之，别让你的努力，输在不会表达上，只有提高自己的说话水平，练就一副好口才，才能把话说得滴水不漏、讨人喜欢，才能让口才帮助自己改变命运、收获成功、走向辉煌！

2018 年 8 月

目　录

第一章

会表达，就是要把话说到点子上

简洁精练，言不在多

1793 年，美国开国总统华盛顿仅 135 个字的就职演说成就了经典；同样是美国总统，林肯著名的葛底斯堡演说只有 10 个句子。他们的演说一气呵成且重点突出，充分体现了他们非凡的驾驭语言的能力。

尤其是林肯的演说，仅仅 600 余字，用时不到 3 分钟，但却赢得了 15000 名听众经久不息的掌声，并引起了全国性的轰动。大家一致认为："像这样篇幅短小精悍的演说，真是一种无价之宝。它感情深厚、思想集中、措辞精练，而且字字句句都写得朴实、优雅，行文流畅，完全出乎人们的意料。"

因此，林肯的手稿被收藏于国会图书馆，演说词也被铸成金文，放在牛津大学，成为经典之作。

1984 年，新当选的法国总理洛朗·法比尤斯发表的就职演说更为经典，有人这样描述道："还没等人们醒悟过来，新总理已转身回办公室去了。"

他的演说只有两句话："新政府的任务是国家现代化，团结法国人民。为此，我们要求大家保持平静的心态，拿出最大的决心。谢谢大家。"这篇演讲字字是金，可谓独具匠心。

美国莱特兄弟创造的"一句话演讲"，在历史上堪称一绝。

当他们成功地驾驶动力飞机，飞上蓝天之后，在庆祝酒会上，哥哥威尔伯盛情难却，他即兴说了一句："据我们所知，鸟类中会说话的只有鹦鹉，而鹦鹉是飞不高的。"这句哲理深刻的演说，让在场所有人警醒，并报以热烈的掌声。

综上所述，会议或者演讲，与时间的长短并无太大关系，往往短小精悍的会议或演讲效果更好，更具艺术魅力。

研究发现，大多数人在听报告或者演讲的时候，只有 20 分钟左右的时间是注意力集中的，而最佳状态只有前 15 分钟。另外，年龄、性别、健康状况也是其影响因素，身体强壮的青壮年精力集中的时间会稍长一些；而老幼体弱的人，相对要短一些。

所以，在讲话的时候，最好将时间控制在 30 分钟以内，不要拖得太长。

那么，如何做到语言的简洁精练呢？

首先，在演讲或说话时，大刀阔斧地删除话语中那些废言赘句，即把"臃肿"的话变得苗条起来。

其次，要使所讲的内容主题鲜明、重点突出。

再次，用尽量简洁的话，准确表达出自己的全部意思。

当今快节奏的社会，人们不喜欢那些繁杂冗长、晦涩难懂的空话或者套话。说话，尤其是演讲，要做到简洁、明快，使词汇更加丰富，思路更加清晰是赢得掌声的关键所在。

如果词语匮乏，必然导致词不达意、啰唆干瘪；如果思路不清，会让听众不知所云。

高尔基曾说过："最简洁的语言中，往往隐藏着最伟大的哲理。"

法国作家福楼拜，可是锤炼语言的一个典范。为了得到想要的几句话，他常常会反复斟酌一个月之久。

美国学者多琳·安森德·图尔克穆有这样一句名言："如果你还没有想好用哪个词最合适，那你就不要开口。"

在演说或说话过程中，要学会"筛选"、"过滤"，从而选出最精辟的、能恰如其分表情达意的词句，用最简洁的语言表达你的观点。

准确表达自己的意图

日常生活中，人们常常遇到这样的情况：与别人争论某个问题时，尽管自己有鲜明、正确的观点，却不能说服对方，有时还会被对方反将一军。这是为什么呢？心理学家认为，要使自己的观点被认同，仅观点正确还不够，还要掌握谈话技巧。

说服别人，要以理服人、以德服人、以情服人、以礼服人。说服别人时，不仅要有耐心，还要掌握一定的方法和技巧，不要以权以势压人，更不能靠投机、欺骗手段，否则，没有人会心甘情愿地听从。另外，说服别人必须要有高姿态，说服别人应当入情入理，如果强词夺理，只会导致对方产生厌恶感。

那么，如何才能有效地说服别人呢？请参考以下几条建议：

1. 以退为进，调节气氛

首先应该想方设法调节谈话气氛，尽量避免使用命令的话语；友好和谐的气氛有利于说服的成功。反之，在说服时如果不尊重他人，摆出一副盛气凌人的架势，很难成功。毕竟，每个人都有自尊心，都希望得到别人的尊重。

有一位中学老师非常善用此法来说服学生。他担任的是一个差班的班主任，而此时恰好赶上学校安排各班学生参加清洁操场的劳动。干活的时候，全班罢工，不肯干活，不听老师的劝。后来，这个老师想到一个以退为进的办法。他问学生："我知道你们并不是怕干活，而是怕热是吧？"学生们不愿背上懒惰的标签，便七嘴八舌地说确实是因为天气太热了。老师说："既然是这样，天气凉快些后我们再进行，大家先放松一下。"一听这话，学生们掌声四起，高呼万岁。老师为了使气氛更热烈一些，还买了几十个雪糕让大家解暑。在说说笑笑中，学生们接受了老师的这种说服方法。

2. 善意威胁，以刚制刚

有的时候，用善意的威胁，也能利用对方产生的恐惧感达到说服的目的。

在一次集体活动中，领队用一种以刚制刚的办法，说服了旅馆经理。事情是这样的：当大家风尘仆仆地赶到事先预订的旅馆时，才得知原来订好的套房（有单独浴室）竟没有热水。为了解决此事，领队约见了旅馆经理。

领队：对不起，这么晚还把您从家里请来。天这么热，不洗澡怎么行呢？何况我们预订套房时，说好供应热水，还要麻烦您给我们解决一下。

经理：此事难啊！锅炉工回家去了，没有人放水，我已经让他们开了集体浴室，你们可以去那儿洗。

领队：当然，集体浴室不是不可以，不过，话要讲清，套房一人一晚50元，是有单独浴室的。现在却要去集体浴室洗澡，那标准就不一样了，我们只能每人少付15元。

经理：那不行！

领队：那我们就需要您提供热水。

经理：抱歉，无法做到这个。

领队：您一定有办法做到！

经理：你说有什么办法？

领队：您有两个办法：一是找回失职的锅炉工；二是您可以给每个房间拎两桶热水，由您选择。

这次交涉的结果：经理派人找回了锅炉工，40 分钟后，每间套房的浴室都有了热水。

尽管威胁能增强说服力，但是，务必注意以下几点：一、态度友善是关键。 二、讲清后果，说明道理。 三、把握好威胁的度，否则会弄巧成拙，事倍而功半。

3. 消除防范心理，以情感化

一般来说，被说服对象往往会有抵触情绪，尤其是在危急关头。 这时候，要想成功说服，就要注意消除对方的防范心理。 怎么能做到这一点呢？ 从人的潜意识来说，防范心理是把对方当作敌人时产生的一种自卫心理。 那么，消除防范心理，最有效的方法就是，反复给对方一些暗示，表示自己是朋友而不是敌人。 暗示的方法多种多样，如：嘘寒问暖，给予关心，表示愿意给予帮助等。

有一个女出租车司机，送一名男乘客，却被男乘客威胁把钱都交出来。 她装作害怕的样子，交给歹徒 300 元钱，说："今天挣到的钱全部给你，我还有一把零钱也给你吧。"说完，又拿出 20 元零用钱，这一举动让歹徒不知所措。 "的姐"继续说："你家在哪儿住？ 我送你回家吧。 这么晚了，家人肯定等得着急了。"这么一来，歹徒把刀收了起来，让"的姐"送他到火车站。 趁气氛缓和，"的姐"不失时机地启发歹徒："我家里原来也非常困难，咱又没啥技术，后来，我就跟人家学开车，干起这一行了。 挣钱虽然少点，但日子过得踏实。 何况还能自食其力！"见歹徒沉默不语，"的姐"继续说："唉，男子汉四肢健全，找活很容易，可要选对活，不然，会一失足成千古恨。"火车站到了，见歹徒要下车，"的姐"又说："我的钱就算帮助你的，用它干点正事，以后不要这样做了，靠自己的双手养活自己！"一直不说话的歹徒听罢，突然哭了，并把钱塞到"的姐"手里："大姐，我以后饿死也不干这事了。"说完，低着头跑开了。

在这个事例中，"的姐"用巧妙的言语，消除了青年的防范心理，不仅自己毫发未损，还达到了说服的目的。

4. 投其所好，以心换心

说服别人时，最好站在别人的立场上考虑一下，这种投其所好的技巧，屡试不爽。要想做到这一点，最重要的是"知己知彼"，唯先知彼，才能从对方的立场上考虑问题，从而达到说服的目的。

有一个精密机械工厂，将新产品的部分部件授权于一个小工厂制造。不料，小厂生产的零件均不合格。由于时间紧、任务重，总厂负责人只得让那个小厂尽快重新制造，但小厂负责人认为错不在自身，不想返工，双方僵持了许久。总厂厂长弄清此事的来龙去脉后，对小厂负责人说："我想，这件事完全是由于公司设计人员工作不仔细所致，使您吃了亏，实在抱歉。万幸的是，正是您才让我们发现总厂的管理中存在的问题。所以，好人做到底，你们不妨将它制造得更完美一点，这样一来，对你我双方都有好处。"最终，双方重新达成了返工制造的协议。

小厂负责人之所以被说服，是因为总厂厂长使他觉得对方在为他着想。

5. 寻求一致，以短补长

有些人不喜欢接受他人的意见，经常处于"不"的心理状态中，一脸拒人千里之外的表情。对付这种人，如果一开始就提出问题，势必让对方产生抵触心理。因此，要努力寻找与对方一致的地方吸引注意，然后再水到渠成地提出自己的问题，最终达到目的，使对方接受自己的建议。

说服他人，了解对方的喜好是关键，但最重要的是会说话。

东汉末年，刘备攻打曹操失败，为图他日东山再起，他投奔了刘表。为了寻求人才，他拜访了荆州名士司马徽。司马徽推荐说："此地有'卧龙''凤雏'，二人得一，可安天下。"经多方打听，刘备得知"卧龙"就是诸葛亮，此人隐居在襄阳城西二十里的隆中，精通史书，却身居草屋，身自躬耕，刘备决定亲自拜访。

刘备三顾茅庐，前两次诸葛亮避而不见，第三次才亲自出迎。在茅庐中，诸葛亮和刘备共同探讨时局，分析形势，建立霸业。刘备诚意请他出山相助，重兴汉室。诸葛亮也被刘备"三顾茅庐"的诚意所打动，同时，为了实现自己的政治抱负而离开了隆中。

此后，诸葛亮尽显才华，帮助刘备东联孙吴，北伐曹魏，占据荆、益两州，北向中原，建立蜀汉政权，形成与东吴、曹魏三国鼎立的局面。

把握关键，说话要抓重点

有一次，汉代名相萧何请求汉高祖刘邦，将上林苑中的一片空地让给老百姓耕种。

上林苑是皇帝游玩、嬉戏、打猎、消遣的园林。刘邦闻听，十分生气，认为萧何一定是接受了老百姓的大量钱财，才会如此行事。于是，他下令把萧何逮捕入狱，予以审查、治罪。当时的廷尉为了讨好皇上，只要皇上认定某人有罪，廷尉就会千方百计地让人伏法。

危急关头，有大臣上前劝告刘邦说："陛下还记得以前与项羽抗争，以及后来铲除叛军的时候吗？那几年，皇上带兵在外，只有丞相一个人驻守关中，关中的百姓，非常拥戴丞相，如果丞相有非分之想，根本不用等到今天。您认为，丞相会在一个可谋大利的情况下不谋，反倒会贪图锱铢小利吗？"

简单的几句话，句句击中要害，使刘邦觉得自己愧对丞相的一片诚心，当天就下令赦免了萧何。

汉代的另一位开国元勋周勃，曾经帮助汉室铲除吕后爪牙，迎立汉文帝，光复汉室。可后来，当他解甲归田时，一些素来忌恨周勃的奸诈小人便趁机向汉文帝进谗言，诬告周勃图谋造反。听信谗言的文帝，急忙下令廷尉将周勃逮捕下狱，追查治罪。按照律例，凡是图谋造反者，必定是死罪且株连九族。

值此生死攸关之际，薄太后出来劝文帝说："皇上，周勃谋反的最佳时机是您未即位之时，当时先皇留给您的玉玺在他手上，而且他握有军队。但是，他当时并没有图谋造反，而是帮助汉室消灭了企图篡权的吕氏势力，把玉玺交给了陛下。 现在，他罢相回家，怎么会反而在这个时候想谋反呢？"此话打消了文帝的种种疑虑，并立即下令赦免了周勃。

由此可见，说话抓住关键是非常重要的。 每一个想成大事者都必须修炼这种能力，通过短短几句话，切中对方要害，说服对方。

讲话如果抓不住重点，容易让人厌倦。 假如一个这样的业务员与别人谈业务，他人肯定会疲惫不堪，根本无法达成协议。

在生活中，人们都不喜欢与说话毫无重点的人交流。 这样的人会使听话者失去耐心，即使听话者多次给予提醒，他们都好像视而不见，自言自语，着实令人生厌。

一个有远大抱负的年轻人，千万不能养成这种习惯，因为，这种习惯是成功的敌人。 凡是工作效率高、有较高管理才能的人，无不说话简练、利落、主题明确，而人们也喜欢和这样的人做朋友。例如，通电话时，他们没有过多的寒暄，而是三言两语，直奔主题，接着便是"再见"了。 和这样的人打交道真是一种享受，彼此都节省了时间。

会说贴心话，懂得安慰人

人在生活中总有不顺心的时候。以生病为例，人在生病以后，情绪会非常低落，甚至胡思乱想。这时，如果能把贴心、安慰的话送给他们，对病人的康复会有很大的帮助，病人也会对说话者表示感激。不过，安慰病人要谨慎，无心之言可能伤害病人。所以，必须高度重视安慰的技巧。

那么，安慰病人的技巧有哪些呢?

1. 了解病情，说出有针对性的话

慰问病人时，首先要对病人的病情和所患疾病有一定的了解。同时，还要看他的心情，适时安慰。

长时间在医院休养的病人，容易产生消极情绪，不愿意积极配合医生的治疗，以致影响康复的进度。这时，要有选择地提炼安慰性的语言，多说一些"既来之，则安之"的道理，让其情绪稳定。

对于有经济负担的病人，他们最担心的就是住院的花销。此时，应劝慰他们把眼光放得长远一些，健康才是最重要的，建议他们注意调养，并与单位联系，争取适当的补助。

有些病人对自己的康复不抱希望，尤其是身患重病的病人，在医治过程中，这类患者最容易产生消极情绪。遇到这种状况，应该给病人多举一些已经康复的例子，帮助他们摆脱消极心理，使他们重新找回自信，从而积极配合医生的治疗，争取尽早康复。

2. 选择轻松的话题

安慰病人最重要的是使谈话的气氛轻松、自在，让他们在这样的环境中敞开心扉。

安慰病人的目的，是让病人精神放松，早日恢复健康。如果选择一些伤感、忧郁的话题，势必会影响病人的情绪；倘若话题涉及病人的病情，更会伤害病人，有悖于安慰的初衷。

3.注意话语声调

病人十分注意别人的言行，对探望者的语音语调特别敏感，往往是别人的一句话，就会造成病人心灵的波动。在与病人交谈的过程中，尽量用委婉、平和、真诚的语气和高低适中的声音与病人交流，使患者轻松、愉快。这样一来，有利于减少疾病给患者带来的心理压力，有助于患者恢复健康。

有一次，央视名嘴赵忠祥去某精神病医院采访一位女患者。访谈稿中，有这样一个问题："你什么时候得的精神病？"赵忠祥认为如果照本宣科发问，很可能使病人受到刺激。于是，他以委婉、亲切的提问方式，说："您在医院住多久了？""住院前觉得怎么不好呢？"此举果然发挥了作用，让对方放松了警惕。那位病人原本是一位小学教师，由于某种原因，不幸患了精神病，她听到赵忠祥亲切、委婉的提问后，激动地说："最近，我快出院了。我非常想念我的学生们，希望能尽快回到教师队伍中去。"赵忠祥听到病人回答后，马上接口说："您一定很快就会出院了，我也替您高兴啊！今天咱们这段谈话已经录了像，等电视播放的时候，学生们知道您已完全康复，一定会很高兴的……"

4.交谈时，要以病人为中心

看望病人时，言谈一定要围绕病人展开，切勿自顾自地夸夸其谈，要牢牢记住，你是去提供帮助、表示慰问的。所以，切忌自导自演，忽视病人的感受。

　　人在生病的时候，总是希望把心中的委屈与不满发泄出来，所以，要注意引导，让病人一吐为快。这样一来，病人的不良情绪才能发泄出来，有利于康复。

　　5.同情、怜悯性的话不要说

　　自尊心人人都有，病人更甚。他们不希望别人同情自己、可怜自己。此时，探病方如果在言语中流露出同情、怜悯，病人很可能会将其理解为嘲笑，误认为自己的病非常严重，从而加重心理负担。所以，同情、怜悯性的话最好不要说。看望患者时，可以说："前两天，我也不舒服，休息了几天就没事了，休息是良药，多休息，一定会好起来的。"这样，患者就会不由自主地放下心理负担，心里轻松许多。

　　探病就是为了安慰、鼓励病人，积极配合医生的治疗，与病魔做斗争。因此，在安慰病人时，一定要注意谈话方式，三思之后再开口。只有这样，才能达到理想的效果。

说话要找准时机

社交高手无论何时何地，都会让自己尽快融入别人的谈话中。那么，他们是如何做到的呢？ 下面有几点建议：

1. 适时地安慰对方

当别人与你谈论某事时，如果对方不清楚你是否对此话题感兴趣，常常会不知所措，有时还会为此而产生焦虑情绪，此时，应及时安慰对方。

你可以说"我对你说的那件事很感兴趣，能否再详细一点？""请你继续说，我认为你说得很在理。"或"我对此也十分感兴趣。"

这是在暗示对方：对于你提出的话题，我十分感兴趣，可以继续谈下去。 对方看到这种情形，先前的犹豫会因为你的肯定而消失。

2. 体会对方的心理感受

交谈过程中，很可能谈到某些令人气愤的事情，对方的情绪波动会很大，借此机会，可以用体谅性语言巧妙地插入别人的谈话。

可以这样说，"我能体会你的心情，遇到这样的事，我和你一样激动。""你似乎觉得有些心烦。"或"你心里一定很难受吧？"等。

如此一来，对方就会对你产生"相识恨晚"的感觉，自然而然地拉近彼此之间的距离。

值得注意的是，交谈过程中，不要对对方所谈内容妄下结论，也不要说一些片面性的话，诸如"你是对的"、"他怎么可以这样做"之类的话。你的目的是融入对方的谈话，没有必要评定对方的对错，更不要趁机阿谀奉承。

3.做好翻译工作

与语言表达能力弱的人交谈时，让对方表达清楚自己的意思是至关重要的。有时，对方可能因为急于让你知道某些事情，在言语上会出现歧义的现象。这时，你应该仔细领会对方想表达的意思，说出对方想说的话。

可以这样说，"你是说……""你的意思是……"或"你大概想这样表达吧！"

这样一来，会减少对方的心理压力。对方也会认为你善解人意，对你产生好感，从而拉近双方的距离，增进彼此间的友谊，达到交往的目的。

在插入对方谈话时，以上三种方法有一个共同点，那就是对对方的谈话不妄加评判，不将个人想法转嫁到别人的思想意识中，保持中庸。不过，有时在非语言传递信息中，你可以表达一下自己的立场，但要注意使用语句这条规则。违背了这一规则，就会陷入沟通的误区，产生不良后果。

要想插入别人的谈话，就必须找准时机"有的放矢"，关键时刻"力挽狂澜"。只有这样，才能达到交流的目的。

把话说到点子上

　　与人交谈时，如果只知道对方的观点和态度，而不知道对方这样做的原因，同样达不到目的。有这样一个笑话：

　　某青年见同伴唉声叹气，抱怨生活郁闷、活着无聊。他问："你这是怎么了？"

　　"唉，你知道，我特别爱那个姑娘。我恨不得把自己的心给她，可她居然拒绝了我对她的爱。"

　　"拒绝了？咳！你别当真！更不要气馁。有志者事竟成，发扬坚持不懈的精神嘛！要知道，女人对男人说'不'，常常意味着'是'。所以，你又何必当真？"

　　"可她并没有对我说'不'呀，而是轻蔑地对我说'呸'！"

　　这下子，青年傻眼了。他不知对方心结，怎可随意"支招"？

　　了解别人的"心结"所在，不仅需要获得对方的反馈信息，还得准确地定位对方做出某种反应的原因及含义。否则，双方的交流就无从谈起。有的放矢，这一点在说服中尤其重要。

　　李萍是一家工厂人力资源部的主管，在这方面，她有深刻的体会。有一件事让她记忆犹新。

　　为了工厂的可持续发展，厂领导决定重新安排在岗人员。有一位女职工因此而闹情绪，说厂长有意整人，还要求厂长立即给她办病休手续，要吃劳保。对于厂长的解释，她一句也听不进去。这天，她又来找厂长闹，李萍叫住了她："大姐，咱姐妹关系不错，来，到我那儿唠两句。"

　　这位女士一落座，就报怨这报怨那，只有一个中心意思：此次岗位调动，是厂长有意整她。等她说完了，李萍才明白她的心结所在，李萍说："大姐啊，厂长初来乍到，和咱无冤无仇，咋会整你呢？这次精简，机关下去20多人，你们传达室也下去了三个人，不只你一个。这真不是厂长的意思。要说呢，这些年你在传达室工作轻车熟路，乍一下到车间劳动，肯定不适应。可话又说回来了，也不是只累咱一个。就说新厂长吧，50多岁了，比你还大几岁，不也照样下车间吗？再说，精简后，传达室现在是两个人干五个人的活儿，肯定也不像以前那么轻松了。你说是不？咱下到车间后，干活虽然累点，可是，多干多得，工资可是比以前提高了很多呀！"

李萍一边说，一边观察那位女士的脸，已经阴转多云了，见她正在思忖，李萍又继续说道："大姐啊，你一时生气，要吃劳保可亏大了！你今年48岁，差两年就要退休了。如果你现在吃劳保，那退休后的工资只能拿70%，你不就吃大亏了？你想想，辛苦了大半辈子，就因为这件事情而搞砸了？常言道，'编筐编篓，重在收口'。如今，你站好最后一班岗，给大家留个好想头儿，自己也不吃亏！你觉得是不是这个理？"

没想到，这话还真管事儿，那位女士马上多云转晴了。她拉住李萍的手，激动地说："你算把你傻大姐给说醒了！我这最后一步差点迈砸了！我听你的，明天就下车间！"第二天，她果然穿上工作服下了车间，而且毫无抱怨。

当局者迷，旁观者清。一定要弄清对方在"事中迷"的真正原因，然后再对症下药，以理攻心。只有这样，才能做到"一番话说笑了苦恼人"，让事情出现转机。

1948年冬季，平津战役中，为保护历史名城北平免遭战火，中国共产党与傅作义将军进行和谈，劝其弃暗投明。但考虑到各方面原因，傅作义一直没有下决心。 傅作义将军手下的少将参议刘存同老先生，受中国共产党地下党的委托，出面做说服工作。

刘老先生着眼于傅先生的前途，语重心长地劝道："宜生，是当机立断的时候了，一定要顺应人心，和平谈判，万万不可自我毁灭，万万不可。"当时，傅作义很清楚眼前的局势，但他主要的顾虑在于是否会戴上叛逆的帽子。

于是，刘老先生对症下药，因势利导，给他讲了我国历史上商汤攻桀、武王伐纣的故事。 他说："汤与武王是桀、纣的重臣，后人不但不称汤与武王是叛逆，反而赞美他们深明大义。 忠，应该忠于人民，而非忠于一人。 目前，由于连年饱受战争之苦，人民希望和平。 如果你能顺应人心，倡导和平，天下人会箪食壶浆来欢迎你，谁还会说你是叛逆？"刘老先生这样设身处地为他着想，以情开路、以理攻心，终于促成了和平谈判，为顺利解放北平做好了准备。

说服教育的前提是自觉自愿。 用心相容、对症分析的过程，恰恰是启迪和实现这种自觉自愿的过程。 不论说服什么人，都要以心相容，将自己的观点和意图逐渐融入对方的思想中，方能最终见效。

说出的话要尽量让人满意

人生在世，皆为愿望而活，我们都希望美梦成真。 在与人交往时，如果能了解对方的愿望，在此基础上精心解铃，势必会得到对方的回应。 尤其是在劝说别人时，更应注意这一点。

多年来，卡耐基常去离家不远的公园中散步、骑马，以此作为消遣，深得其乐。

每当他看见一些小树及灌木，特别是自己喜欢的橡树被人为地烧掉时，就非常痛心。 这些火并不是人们故意引起的，而是由园中野炊的孩子们引起的。 有时，这些火蔓延得很凶，以至于必须叫来消防队员才能扑灭。

公园边上有一块布告牌：凡引火者应接受罚款或拘禁。 但这布告竖在偏僻的地方，很少有人能看见。 虽然有一位骑马的警察在照看这个公园，但他经常漫不经心，不认真履行职责。

有一次，卡耐基告诉警察，一场火正在园中急速蔓延着，要让他通知消防队。 他却冷漠地回答说，此事不在他的管辖之内。

从此以后，卡耐基总是自愿承担保护公共场所的责任。 最初，他没有了解到孩子们爱玩的天性。 当他看见树下起火时，就非常不快，立刻阻止他们。 他上前警告他们，不许再玩火了。 如果孩子们不听他的话，他就恫吓要将他们交给警察。 这只是在发泄情感，而全然置孩子们的感受于不顾。

结果呢？ 孩子们虽然表面上遵从了，但当卡耐基离开以后，他们又重新生火，情况愈演愈烈。

多年以后，懂得了一些人际关系学知识的卡耐基不再命令或威吓孩子们，而是走到火前，向孩子们说道："孩子们，这样很惬意，是吗？你们在做什么晚餐？……当我是一个孩童时，我也喜欢生火——我现在也很喜欢。但这样做是很危险的，我知道你们不是故意的，但别的孩子不会像你们这样小心，他们过来见你们生了火，也会学着生火，但玩完之后，经常忘记灭火，以致火在干叶中蔓延烧毁了树木。如果我们再不小心，这里就不会有树林了。因为生火，你们可能被拘捕入狱。我不干涉你们的快乐，更希望你们高高兴兴地长大，但请你们即刻将所有的树叶移开。在你们离开以前，要记得用土把火堆盖起来，下次做游戏时，请你们在山丘那边沙滩中生火好吗？那里不会有危险。多谢了，孩子们。祝你们快乐。"

这种说法果然效果显著，它使孩子们产生了一种与卡耐基合作的欲望，没有怨恨，没有反感。他们在承担错误时，保全了自己的面子。他们感觉很好，当然，卡耐基也感觉很好，因为，他在处理这件事情时，对症下药，所以，他达到了目的。

"在与人会谈以前，如果我对于所要说的，以及对方似乎要回答的东西没有一个清楚的观念，"哈佛商学院的一位院士说，"我情愿在办公室外的人行道上踱上两个小时，等我真正准备好了，再进去与之谈话。"

有人认为：人类的欲望数不胜数，有的若隐若现、含糊不清，甚至隐藏得无以察觉。但不管怎样，它确实存在着，我们不能对其置之不理。

作为说服高手，一般情况下，都能清楚地了解对方心中的欲望，对症下药地进行劝说。

杰克的儿子已经到上学的年龄了，他与妻子商量后，决定送他去上学。可是，当夫妇二人准备出发时，儿子却怎么也不愿意去上学。 杰克大步走到孩子面前，大声说："你已经到了上学的年龄，必须去上学，赶快准备出发。"可是，孩子哭得更凶了。 杰克看到此种情景，非常恼火，却又无可奈何。 这时，妻子劝说丈夫道："孩子是不想上学，你这么训斥他不是办法，只会适得其反。"

妻子想：假如学校里有什么人或物，能吸引孩子去学校，那就好办了。 于是，她走到孩子身边说："孩子，学校里的生活非常精彩，有你喜欢的小朋友，还可以画你喜欢的画，唱你喜欢的歌曲，大家都陪你一起玩，那是多么快乐的事啊！"出乎意料，孩子停止哭闹，认真地问："妈妈说的是真的吗？""当然了，妈妈从不说谎。"

第二天一大早，孩子就跑到杰克夫妇的房间，主动要求去上学。

劝说某人时，激烈的言语未必能起到说服的效果，而顺着对方的愿望说去，往往会产生令人意想不到的效果。

哈利·欧佛垂在《影响人类的行为》一书中写道："行为发自我们的基本欲望……不论在商场、家庭、学校或政治上，那些自认为是'说客'的人，一定要记住：首先要激起别人的欲望。 凡能这么做的人，世人必与他在一起，这种人永不寂寞。"

无论在什么场合，与人交谈时都要时刻揣摩对方的欲望，及时说出满足对方欲望的话，这不但会使你成为说服高手，而且会让你更有人缘。

生动的语言具有相当的说服力

著名作家李准曾自信地说："没有几下子，很难当作家！ 我的看家本领是：三句话让人落泪，三分钟过戏，把读者的心放在我手心里揉，让他噙着眼泪还得笑。"

说起常香玉，人人都会由衷地竖起大拇指。 在她舞台生涯五十周年庆祝大会上，文艺界知名人士悉数到场祝贺。 电影导演谢添拉住李准说："李准，我想当众对你进行一个测试，你自称'三句话就能让人落泪，三分钟过戏'，不知你能不能让常香玉哭一场，你要是能做到，我就服了你。"

李准面带犹豫地对常香玉说："香玉，今天是你的大喜日子，可是他偏偏让你哭，这不是难为人吗？"

常香玉干脆利落地说："你要是做到了，算你真有本事！"

李准握着常香玉的手伤感地说："香玉，咱们能有今天，实在是太不容易啦！ 严格地说，你可是我的救命恩人！ 我十多岁那年，家乡闹饥荒，大家都逃到了西安，就在人们快要饿死的时候，忽然有人喊，大歌唱家常香玉放赈了，大家都去吃吧！ 大家都奔去你那里了。 我捧着粥，泪往心里流。 我那时就想，如果以后能见到这位救命恩人，我将当场给她叩头！ 可是，谁知道我们竟会在那种情景下见面。 '文化大革命'中，你被游街示众，他们让你'坐飞机'。 而我就站在旁边，心里特别不是滋味，我多想大喊一声，你们放了她吧，她是好人，是俺的救命恩人啊，让我替她游街吧……"

片刻，满脸泪痕的常香玉对李准说："老李，别再说了。"说罢，掩面痛哭起来。 大厅里的人们，都难以抑制泪水，为常香玉的遭遇而难过，早已忘记了李准与谢添的打赌，就连谢添也尽力抑制自己伤感的泪水。

由此肯定，李准的才能名副其实，他针对常香玉特有的心理，再加上生动感人的语言，极力渲染了悲伤的气氛，达到了预期效果。 与人交谈的过程中，如能像李准一样，还愁不能把话说到点子上吗？ 还愁他人记不住你吗？

那么，究竟该怎样做，才能使语言更生动呢？ 必须做到以下两点：

（1）多用感染性的话语

具有感染性的话语，比较容易抓住听者的心，它会使听众沉浸在你的话语中。 无疑，你也会因此给人们留下深刻的印象。

（2）理论结合实际

每个人都不喜欢听空话，与人交谈时应注意这点，最好做到理论与实际相结合。 只有这样，语言才能生动感人，具有魅力，效果也更加明显。

与人交往的过程中，生动的语言可以给自己的形象加分。 人们非常喜欢与说话生动的人交往，因为，与这样的人交流轻松而快乐。

与陌生人交谈，尺度是关键

大学毕业后，王丽到一家公司上班。一天，她因公去外地出差。在车库里，偶遇一美国游客。出于礼貌，王丽先与对方打了一声招呼，王丽认为，作为东道主，如果不与这位姑娘热情地寒暄几句，是失礼。于是，王丽操着一口流利的英语，大大方方地与姑娘聊了起来。

在交谈过程中，王丽无心问道："你今年多大岁数了？"听到这么一问，姑娘很诧异，敷衍地反问："你觉得呢？"王丽感觉似乎有些不对劲，便转移了话题说："依你的年龄看，一定成家了吧！"结果，谈话就此结束。姑娘冷冷地看了王丽一眼，把脸背了过去，不愿与王丽继续交谈下去。此后，二人再无对话，直到王丽驱车离开。

俗话说："酒逢知己千杯少，话不投机半句多。"正是因为话不投机，两人才会不欢而散。王丽在与姑娘交谈时，无意中涉及了对方的个人隐私。在国外，随便打听别人的年龄、结婚与否等都属于不礼貌的言行。由于不了解这一点，王丽破坏了谈话气氛，没能给别人留下良好的第一印象。

为了营造良好的谈话氛围，在与陌生人交谈时，必须把握分寸，吸引对方的注意。那么，怎样才能达到这样的效果呢？以下几点可供参考：

1. 避开别人的缺点

在与陌生人交谈时，以双方都认识的第三者介入话题，有利于拉近双方距离，引起感情上的共鸣，这是我们人际交往中的常用策略。 但是，在交谈时最好不要谈第三者的缺点。 否则，这会使对方产生戒备心理，给别人留下说长道短的印象，对结交朋友没有任何好处。

2. 有自己的主见

与人交谈时，千万不要人云亦云，要有自己的主见，引导谈话的方向。 当然，在说话前，还要仔细分析事情的发展形势，将问题逐级提升。 要知道，好多事情并不是那么浅显的，如果只看到表面现象，很容易跟着别人的思路思考问题。 这样做不但不能引起别人的注意，反倒会让别人怀疑你的能力。

3. 说话时要谦虚谨慎

现实生活中，很多人喜欢夸夸其谈，无论什么场合，都喜欢当主角，言谈举止中流露出不屑一顾的神情，这正是交际所忌讳的。与人交往，尤其是与陌生人交往，务必注意自我的一言一行。 一句自夸的话，往往就是一粒丑恶的种子，一旦将其播入他人的心田，就会长出令人讨厌的果实。

4. 说话要言简意赅

俗话说："一锅豆腐磨不完，啰里啰唆招人烦。"简洁使人觉得主题清楚，同时，也会给别人留下干练的印象。 而说话啰唆的人，往往会给别人带来麻烦，让人觉得痛苦不堪。

寒暄需要恰到好处

所谓寒暄，是指人们见面时互相问候一下，以示礼貌和关心。在人际交往中，寒暄必不可少，它可以在初次见面的人们之间，起到一个彼此沟通的作用。由此看来，寒暄是人际交往中不可或缺的一环。

人们见面时打个招呼、寒暄两句，要掌握一定的方法，要把寒暄的话说得动听。

两个陌生人，如果缺少共同的话题，往往会使对话陷入僵局。打破僵局的有效方法就是寒暄。如：问问工作情况。对熟识的人，还可以打听一下身体状况。具体方法如下：

1. 寒暄要流露出真实的感情

与人初次见面时的寒暄，一定要表现出诚意，不要让别人觉得你在敷衍。

2. 用询问工作进展、身体状况的方式，展开谈话内容

与人见面寒暄时，说话可涉及工作、身体等内容。可以这样问："最近工作忙吗？可要注意身体啊！健康才是最重要的，不要只顾工作，而忽视了健康啊！"这样一来，对方不但能感受到你对他的关心，还会迅速拉近距离，为进一步交流奠定基础。

3. 依照行动确定寒暄内容

当看到某人下班时，可以用"下班啦"的寒暄语，这样的问

话，既大方自然，又能使对方感到亲切，不至于显得唐突。

4. 寒暄前，了解对方的基本情况，是十分必要的

人与人之间的交谈，实际上就是感情的交流。而交流则必须以了解为基础，只要事先能把握对方的大概情况，在交谈的过程中，就可以做到因势利导，领悟对方的心思。

每个人都希望他人对自己畅所欲言，达到这个效果的关键是激起对方的谈话欲，打开对方的"话匣子"，从而引起双方感情上的共鸣。当然，这需要因人而异、见机行事，要看准对方的兴奋点，只有这样，才能占据有利地位。所以，了解对方是十分必要的。

人们都知道谈话气氛对深度交谈的重要性，也知道轻松愉悦的谈话气氛是拉近谈话双方距离的主要方法之一。所以，在与人交谈时，应尽量用轻松、亲和、充满感情的语气与他人谈话，就如同拉家常一样，只有这样，才能在最短的时间内，赢得对方的好感。

适当的寒暄，可以缓和僵硬的谈话气氛，但寒暄不宜过长，要适可而止。因为，寒暄的作用在于：融洽谈话气氛，拉近谈话双方的距离，为步入正题做准备。

寒暄语就像是打开谈话大门的一把钥匙，运用得当，就会门庭洞开，否则，就有吃闭门羹的可能。所以，在寒暄过程中，一定要把握度，使寒暄恰到好处，不要影响谈话的主题。

采用得体的说话方式

　　1954 年，日内瓦会议如期召开。 美国代表团团长、国务卿约翰·福斯特·杜勒斯是一个非常顽固的人，始终不愿与中国往来。 他强令美国代表团的成员：不准理睬中国人。 第一次会议刚刚开始不久，杜勒斯就离开了，助手沃尔特·比德尔·史密斯将军接替了他。 周恩来总理认为，顽固的杜勒斯只是代表团中的少数人。 于是，他决定与史密斯建立友好的关系。

　　一次，周恩来在一家酒吧遇到了史密斯，他径直走向史密斯，彬彬有礼地伸出手。

　　史密斯对周恩来的举动大为震惊，但是，考虑到自己的处境，他左手夹着一根雪茄，另一只手连忙端起咖啡杯，拒绝与周恩来握手。

　　被拒绝的周恩来并没有因此放弃，他镇定自若地说："打扰了，史密斯先生，希望我们能成为友好的合作伙伴，开展两国之间的友好往来。"说完便告辞了。

　　最后一次全体会议时，周恩来正在会议休息室里与人谈话。 这时，史密斯走到周恩来面前说："周总理，您的外交才能非常令人钦佩，很高兴认识您。"

　　周恩来风趣地回应道："上次我们见面时，我不是首先向您伸出手了吗？"

　　临走时，史密斯笑着用手肘碰周总理的胳膊以示友好。 原来，杜勒斯在日内瓦曾下过一道禁令——"不许与中国人握手"，由于禁令的限制，史密斯以自己独特的方式来表达友好。

那么，得体的说话方式有什么特点呢？ 以下几点可供参考：

1. 表达清晰

与人交谈的过程中，言简意赅、条理清晰的说话方式，让人印象深刻，是抓住人心的第一步。 那些说话颠三倒四、含糊不清的人，必须注意这方面的问题，尽量让别人轻轻松松地理解你所要表达的意思。

2. 提出独到的见解

与人交谈时，人云亦云是不被提倡的。 每个人都应该有自己的看法，并用朴实的言语，论证所提见解的正确性，这是展现自己才能而非卖弄的表现。 当然，所提见解必须符合实际情况。

3. 从小事说起

大而空的交谈是不被认可的。 所以，要从小事说起，并将理论与实践有机结合，说经验，谈做法，既不空言理论，也不夸大事实，以此赢得他人的支持。

4. 讲实在话

与人交谈时，实实在在、毕恭毕敬的态度，是人们所提倡的。说话时，不必高谈阔论、婉言动听，只要言简意赅、精辟独到就可以了。 通常情况下，越简洁诚实的语言，就越能说明问题。

5. 符合听话者的口味

有些人喜欢听婉转性的话，你就应该对其说出含蓄的话；有些人喜欢听亢进性的话，你就应该对其说些激进之词；有些人喜欢听有学问的话，你就应该围绕学术话题说话；有些人喜欢拉家常，你就应该对其说些家长里短的话；有些人喜欢听诚恳的话，你就应该对其说些朴实的言辞。 不论如何，语言必须符合听话者的口味，才能事半功倍。

6. 态度平和

与人交谈的过程中，话题的选择固然重要，但是，比它更重要的是别人的评价，这将影响到一个人的形象与人际关系。 获得他人的好评、拥有更多的合作伙伴，都离不开良好的说话方式。

在交谈过程中，你会发现：当某人心平气和地与人交谈时，谈话就会很顺利。 即使他说话时心不在焉，却依然能让自己的表达清晰明了，从而给对方留下深刻的印象。 究其原因，是因为平和的心态，能决定说话的质量，使听话者产生被尊重的感觉，这对赢得对方的好感大有好处。

7. 与人说话时，要保持好心情

在与别人说话的时候，保持愉快的心情十分必要。 以良好的心情与人交谈，言语中自然会流露出轻松愉快。 同时，也会感染对方的心情，产生深谈的欲望。 反之，那些自命不凡、说话装模作样、装腔作势的人，必然会成为孤家寡人。

恰当的说话方式能提升自身的交往能力，使其更加合乎情理。在正确的说话方式引领下，因语言表达出众而受人称赞，是一件令人非常愉悦的事情。

第二章

会表达，就能提高交谈的成功率

把想法表达清楚

有位好学踏实的小伙子与人见面说话时，常常"嗯、嗯……"声不断，让人听不出所以然。问好声似有似无，也不知道对方听到没有，让人觉得他木讷、怯懦、胆小、没有朝气。尽管他工作没少做，但是在单位却一直得不到重用，更不用说晋升了。

切记，只有明确地把话说出来，才能给对方传送准确无误的信息。说话时必须吐字清晰、紧扣主题，才能达到叙述清楚、表情达意的目的。

1. 说话要注意前提

说话的目的是交流信息，这里常出现听者能否理解、接受说者所传递的新信息的问题。演说人若想清晰地把自己的想法向听者表达出来，就要把话说明白。因为，只有把话中隐含的信息理解了，听者才会明白是怎么回事。这里所指的隐含信息，就是"说话前提"或称"说话背景"。

如果说话忽视前提、不注意背景，听者就会难以理解其中含混不清的语意。比如，甲对乙说："他出差了。"乙必须知道他是谁才能弄明白这句话，否则，就会产生误会。我们知道，不同时代、不同国情及不同生活经历的人，他们的人生观、价值观、世界观可能迥然不同。同样面对一件新事物，要让他们产生相同的观点，有些强人所难。可见，注意交际中的"话语前提"是多么必要。下面是与此有关的一些改良建议：

（1）尽量避免语意含糊和易生歧义的词汇

有两个张老师任教同一个班，二人同时有事要找学生 C。学生 A 通知学生 C："张老师请你去他办公室一趟。"学生 C 就会不清楚到底是哪个张老师。学生 A 要想表达清楚，必须明确告诉学生 C：找学生 C 的张老师是教哪门功课的，在哪个办公室。

（2）要表达出足够的信息量让对方理解

比如，甲对乙说："前几天，我在路上看见一个人，十分像你，是你吗？"乙很难回答这么没头没脑的问题。只有在问话中说清具体的时间、地点等必备的条件，才能做出明确的回答。甲应该说："昨天上午，我在唐人街看见一个很像你的人。你去那儿了吗？我遇见的人是你吗？"

（3）言语要有逻辑顺序，切忌语无伦次

如果去某公司找一位素未曾谋面的 B 君，你最好先做自我介绍，然后再说明来意。若颠倒顺序，就很可能让人觉得你莫名其妙。

2. 不可忽视的措辞

如果想在交际中给他人留下良好的印象，就必须把言辞说得高雅得体。如果一张口就粗话连篇、絮絮叨叨或者故作高深、故弄玄虚，即使话题再好，别人也会没有兴致。

我们需要在谈话中注意几个地方：

（1）说话要尽量简明扼要

下属向上司汇报工作时，语言越精练越好。上司事情多、时间安排得比较紧，哪里有时间和心情耐心地听员工絮絮叨叨、反反复复地说一大堆。在其他场合，也没有人喜欢反复地说也说不清话的人。如果你有此类毛病，一定要改掉。在开口说话前，理清思路是一个好办法。

（2）不宜过多使用叠句

话语中的重叠句确实可以起到加重语气、引人注意的作用。 但是，话语中时常出现重叠句，会让人觉得幼稚而且累赘。 因此，必须改掉这个习惯。

（3）话语尽量避免口头禅

很多人都有口头禅，诸如"没问题"、"绝对的"、"岂有此理"、"我敢肯定"等。 口头禅常常脱口而出，更有甚者，开口不离口头禅、沾沾自喜，却没料到，自己的口头禅早已成了别人的笑柄，严重损害了自己的形象。

（4）要避免粗俗的言辞

一个本来使人敬仰的高才生，在朋友聚会的时候却粗话连篇，使他的形象大大受损。 其实，这些人并非没有修养，他们只是在追求语言的新奇和俏皮的过程中不自觉地沾染上了这种坏毛病。 如果你有这种毛病，一定要改。 试想，如果你在陌生人面前语言粗俗不堪，别人会如何看待你？ 对方可不一定认为这是习惯问题，而会觉得你没礼貌、没教养、不值得深交。

（5）用词要富于变化

喜新厌旧是人性的一个弱点。 单调的词汇只能让人滋生乏味厌倦的感觉，用语丰富多彩才能让人感到新奇，吸引人们的注意力。

讲话还要讲究逻辑上的合理。 先说什么，后说什么，都要安排好。 不然，就会让人觉得颠三倒四、云里雾里。 讲话时，可以按照时间先后，或者位置的远近、内外等次序。

还要注意一点，讲话结束之前，最好总结、强调一下重点内容。 这样一来，会让人对你的讲话有一个明确、完整的印象。

运用说话的技巧可让人一见如故

与陌生人讲话，温和友善使人亲近，缺乏起码的礼貌只能使人退避三舍。 两个陌生人之间以诚相待，双方的讲话的气氛就会逐步融洽起来。

初次见面交谈，要努力缩短距离，力求在短时间里了解得更多，力求在感情上更融洽。 我国有许多"一见如故"的美谈，要想初次见面就谈得投机，必须在"故"字上做文章，变"生"为"故"。

1. 见微知著

交谈前，你应该使用多种方式，尽可能地多了解对方、收集各方面信息。 由小见大、由微见著，并以此作为交谈的基础。

白先生初次拜访一位邻居，看见邻居的玻璃板下压有"制怒"二字，猜测他想克服易怒的缺点，就与他谈了一些古今名人制怒而成大事的实例，双方一下子拉近了距离，颇有"相见恨晚"之感。

2. 适时切入

看准情势，把握机会，适时插入交谈之中。 适时地"自我表现"，能让对方充分了解自己。 对方如能从你切入式的谈话中获取教益，双方就会更亲近。

3. 借用媒介

寻找媒介物，以发现共同语言，缩短双方距离。 如你见一位陌生人手里拿着一本厚书，可问："这是什么书，这么厚？您一定十分用功！"对别人的爱好感兴趣，通过媒介物引发他表露自我，交谈也会顺利进行。

如果陌生人比你更害羞，可以先聊聊日常生活中的小事，如天气之类，让他心情放松，以激起他谈话的兴趣。

和陌生人谈话的开场白结束之后，要特别注意话题的选择，尽量避免容易引起争论的话题。为此，当你选择某种话题时，要善于察言观色，发现对方没有兴致时，应立即转换话题。

通过闲谈来深入交往

　　有的人非常讨厌"闲谈"，他们觉得像"今天天气怎么样？"和"吃过早饭了吗？"这一类的话题，都是无聊透顶的废话，他们不喜欢谈、也不屑于谈。然而，他们不知道看似没有价值的这类话题，在一定的情况下，却有很大的作用。什么作用呢？就是为交谈做准备，就像一个人在开始做运动之前，一般都会伸手踢脚、蹦蹦跳跳，做一些柔软体操或热身运动。

　　"闲谈"带动了交谈。说些看上去好像没有什么意义的话，放松情绪，熟悉一点，制造一种有利交谈的气氛。比如，碰面时之所以谈谈天气，正是因为天气对人们生活的影响太密切了。天气很好时，不妨同声赞美；天气太热时，也不妨相互发发牢骚。如果有什么台风、暴雨或是季节流行病的消息，更值得拿出来谈谈。因为，这关乎每个人的利益。

　　其实，万事都有开头，就是交谈这样看似简单的事情也不例外。一开始搭话就想谈得热火朝天，的确需要相当的经验和绝佳的口才。一个人在各种各样的场合、面对着形形色色的人物，仍能做到这样实在不简单。大家都知道，倘若交谈开始得不好，就无法深入交往，而且还会使对方感到不快，给对方留下不好的印象。实际上，谈话也是对自身资源的一次挖掘，是对个人知识水平和文化层次的考验。因此，平时除了留心自己感兴趣的事外，还要多储备一些和别人"闲谈"的资料。这些资料应该轻松、有趣，可以产生共鸣。

除了天气之外，下面就是一些常用的闲谈资料：

1. 发生在自己身上的一些无伤大雅的笑话

例如：买东西上当、语言上的误会等，大家都喜欢听。 如果把别人闹的笑话拿来讲，效果固然一样，但对丁那个闹笑话的人，未免有点不敬。 当然，如果你不指名道姓也可以。 讲自己闹过的笑话、开开自己的玩笑，不但能博人一笑，而且显得平易近人。

2. 健身与医疗，也是人人都有兴趣的话题

谈谈新药、医生及流行病，自己或亲友养病的经验，如何养生、如何减肥……这一类的话题，也许纯粹就是一家之言，但它能引人注意，且有益无害。 特别是遇到对方自己或家人有健康问题的时候，假如你能向他提供有价值的意见，那么他一定会非常感激你。 事实上，任何人都难免会遇到这样的问题。

3. 有关家庭方面的琐碎问题

对于家庭知识，如儿童教育、购物经验、夫妇之间怎样相处、亲友之间的交际应酬、家庭布置……这一切，也会使多数人发生兴趣，特别是家庭主妇们，更是对此兴趣浓厚。

4. 运动与娱乐

夏天聊游泳，冬天谈溜冰，其他如足球、羽毛球、篮球、乒乓球，大家普遍都感兴趣。 娱乐方面，像盆栽、集邮、钓鱼、听唱片、看戏、去哪儿吃美食、怎样过节……这些话题都会使他人感兴趣。 特别是有世界著名的音乐家、足球队前来表演的时候，或是有

特别卖座的好戏、好影片上演的时候，这些都是好谈资。

5. 轰动一时的社会新闻

假使你有一些特有的新闻或特殊的意见和看法，同样可以引起大家的兴趣。

6. 政治和宗教问题

倘若你们具有相近的政治见解，或是具有共同的宗教信仰，那么这两个方面的问题就是最生动、最热烈、最引人入胜的。

7. 笑话

当然，人人都喜欢笑话。假若你满脑子笑话，而且富有说笑话的经验，人缘自然不错。

不要忽视说话的场合和身份

人们常说"到什么山上唱什么歌"，"什么身份就该说什么话"。《战国策》曾经记载过这样一个故事：

卫国有一家人去娶新媳妇，这新媳妇一边上马车，一边唠叨个不停："车辕两边的马是谁家的呀？"赶车人说："是借的。"听到这话，新媳妇赶忙对驾车人说："轻点打它，别猛抽那驾辕的马！"

马车走到婆家门口时，伴娘搀扶着新媳妇下了车，新媳妇又指手画脚地对伴娘说："做完饭，要把灶里余火弄灭，不然，会失火的！"

刚进门，看见石臼摆在当路的地方，她又连忙说："快把它搬到窗户下面去，在这儿会妨碍走路的！"

知道这件事的人，都笑话她。

从上马车到进婆家门，这位新媳妇，一共讲了三次话，从这三次讲话的内容来看，都是很有道理的，而且非常重要：第一次，嘱咐赶车人不要猛打驾车的马，因为马是借来的，应该好好地疼惜；第二次，让伴娘把做完饭后的余火熄掉，新婚之夜，宾客乱纷纷的，稍有不慎，引起火灾，就不妙了；第三次，指使仆人将妨碍走路的石臼搬到窗下，以利行人往来。可是，人们为什么要笑她呢？原因在于，她说这些话时没有考虑具体的场合与身份。她的三番话，若是在娘家说，人们会觉得她很体贴家人、懂事明理；如果是婚后三天说，人们会称赞她是个善于持家的好媳妇。依照旧时的风俗习惯，新媳妇进门三天之内是不能多言多语的，更何况是在新婚之日呢？ 所以，虽然新媳妇的话说得合情合理，但因所处的场合与身份不同，受到了别人的嘲笑。

由此可见，时间、场景和身份对说话效果有着很重要的影响。所以，我们的话语应该与时间、身份相适应，根据不同场合的需求把握力度。 根据不同的情况，将场合分为多种类别，每一类别对说话的风格都有不同的要求。

场合有正式和非正式之分。 正式场合指公共活动的场所，如课堂、会场、办公室等，这种场合说话应严谨、公正。 非正式场合指日常交往的地方和娱乐场所，如家庭、商店、街头、饭店、电影院、舞厅等，这种场合说话可以随便一点、轻松一些，平易、通俗、幽默、风趣，但忌摆官架子。

场合还有高兴与悲伤之分。 喜庆场合一般指婚宴、节日、联欢会等，这种场合说话应轻松、明快、诙谐、幽默，有助于欢乐气氛的增加，让人不高兴的话千万不要说。 有个小伙子去参加朋友的婚礼，来宾接受新娘新郎敬酒时，小伙子见身着婚礼服的新娘比平时俏丽得多，便说："你今天真是'面目全非'。"接着，又对新郎说："来，让我们'同归于尽'。"让宾客们顿时哑口无言。 其实，不光这毛头小伙子说话不分场合，在这方面，梁启超也有过失误。

1926 年，徐志摩和他相恋三年的女友陆小曼结婚，梁启超担任证婚人。 因徐志摩和陆小曼的结合是婚外恋的结果，梁启超不甚认同。 于是，在婚礼祝词时，就教训了他们一番。

他说："徐志摩先生这个人性情浮躁，所以，学问上难有成就。 其次，用情不专，以致离婚再娶……从今以后，要痛改前非，重新做人！ 你们俩人都是离婚而又再婚的人，要痛自悔悟！ 好好过日子！"

听了这段祝词，徐陆二人面红耳赤，宾客们也面面相觑，不明白这梁公怎么会在人家的婚礼上说出这么一段话来。

梁启超的婚礼祝词为什么让气氛尴尬？ 原因很简单，就是他在祝词时没有注意区分场合。 梁公作为学者名流、徐志摩的前辈，平时劝解徐志摩几句是理所应当的。 可是，在人家结婚的大喜之日，当着那么多人的面，说出这种训诫的话来，实在不妥。

有伤、病、亡者的处所称为悲伤场合。 在这种场合说话，忌讳很多。 比如，去病房探望病人，一定不要说"死"、"好不了啦"等听着让人不痛快的话。 话虽如此，很多人却没有放在心上，有位朋友就遇到过这样一件事：

一次，她生病住进了医院。 其实，也不是什么大病，只不过是有点拉肚子。 她的一位同事在她住院的第二天去看她。 见了同事，她很高兴，觉得这位同事把她当朋友看。 谁知，聊了一会儿之后，她郁闷极了。 原来，该同事一直告诉她某某人开始拉肚子，后来一查是肠癌，不久便死了。 说者本无意，听者却有心。

说出的话要使他人易于理解

1. 语言要通俗易懂

口语表达和书面表达不同。书面语表达遇到难懂的词语，可以查字典；遇到不易理解的句子，可以慢慢琢磨。要做到深入浅出、通俗易懂，就应该做到以下两点：

（1）要使用规范的词语

我们说话时要尽量使用规范的词语，少用别人不熟悉的方言、生僻词或文言词等。叶圣陶先生历来不赞成口语表达使用文言语句，他说："文言文的字眼和语句夹在口语写的文章里会让人觉得很不舒服，仿佛看见眉清目秀的面孔上长了个疙瘩。"因此，他热切地希望人们从文言词句的"旧镣铐里解放出来"。特别是那些没有文言功底的人，更不要去"捡起那副旧镣铐套在自己的手脚上。"

其实，不光是文言语句，像方言土语、生僻词语，也是束缚人们日常口语表达的镣铐，人们应当多加注意。

（2）要使用大众化的口语

口语较典雅庄重、准确精练的书面语，具有简洁明快、生动活泼的特色。因此，我们要想使自己的表达通俗易懂，最好采用口语化语言，尤其是大众化的口语，以贴近生活的本来面目。这种做法深受鲁迅先生赞同，他主张要"将活人的唇舌作为源泉"、"博采口语"。

2. 要善于使用比喻

卡耐基在《语言的突破》中说过："有时你辛辛苦苦地忙了半

天，结果却徒劳无功。"虽然你自己心里十分明白，可是，要想使听众像你一样明白，就必须做深入的解说。 怎么办？ 可以试图打个比方，试说这一件事像另一件事，说这件陌生的事像听众所熟悉的事。 即所谓的"比喻"。

比喻，可以变陌生为熟悉，把深奥抽象的道理表达得浅显具体，把平淡无奇的事物描绘得生动形象。 例如：俄国有一位杰出的宣传鼓动家加里宁。 一次，他向某地农民代表讲解工农联盟的重要性。 尽管他的论证详尽严谨，听众仍不明白他所说的究竟是什么。有人问："什么对苏维埃政权来说更珍贵？ 是工人还是农民？"

加里宁反问道："那么，对一个人来说，什么更珍贵，是右脚还是左脚？"

全场静默，突然掌声如雷。 农民代表们都笑了。

一大篇抽象的道理没能说服农民代表，一个小小的比喻却做到了。

3. 要善于使用短句子

实践证明：句子越长，结构越复杂，越难读懂、听懂；句子越短，结构越简单，越容易读懂、听懂。 因此，在讲话时，我们应该避免使用长句，多用短句。 请看周恩来在报告中的话：

官僚主义有各种表现，具体来说，有以下几种：

（1）高高在上，孤陋寡闻；不了解下情，不调查研究，不考虑具体政策，不做政治思想工作；脱离群众，脱离实际，一旦发号施令，必将误国误民。 这就是官僚主义，脱离领导、脱离群众。

（2）狂妄自大，骄傲自满；主观片面，粗枝大叶；不抓业务，空谈政治；不听人言，蛮横专断；不顾实际，胡乱指挥。 这是强迫命令式的官僚主义。

（3）从早到晚，忙忙碌碌，一年到头，辛辛苦苦；对事情没有调查，对人员没有考察；发言无准备，工作无计划；既不研究政策，又不依靠群众，盲目单干，不辨方向。这是事务主义，无头无脑、迷失方向。

（4）官气熏天，不可向迩；唯我独尊，使人望而生畏；颐指气使，不以平等待人；作风粗暴，动辄破口骂人。这是老爷式的官僚主义。

4. 说话要注意真实性

"实事求是"体现在我们的口语表达中就是"真实"两个字。

符合客观实际、言之有物的话就是真实。说话应符合真情实感、言由心发，不说假话。说大话、说假话只会连累自己。

1983 年，山东莱州大理石厂引进了国外先进设备。1984 年投产，1985 年形成了生产规模，当年利润 180 万，成为当时全国石材行业的老大哥企业。这时候，从企业领导到一般工人都沾沾自喜、不思进取。结果第二年就出现大滑坡，利润急剧下降了 80% 之多。恰巧此时，国家建材局长来考察工作，当时的矿长汇报工作时的第一句话就说："我们的企业全国居第一，全世界居第二……"

听了那位矿长的话，局长大吃一惊，不高兴地打断了他的话："谁是世界第一呢？"

矿长对局长的这个问题显然始料未及，无言以对。

局长又问："你出过几次国？都去过哪些国家？"

矿长满头大汗张口结舌："我……我去过一次日本……"

局长生气地说："你仅去过日本，日本又不生产石材，连石材王国意大利的国门都没踏上，就敢说世界第二？"

矿长面红耳赤，无话可说。

这位矿长说话凭空设想，最终害了自己。

5. 说话语言要规范

我们说话时，不仅要求内容真实，形式也要规范。因此，要注意以下几点：

（1）语音要规范

规范的标准是说准确的普通话。说话者的发音准确与否直接关系到听话者的理解是否正确。

有一位老师去一所小学给一年级的小朋友做宣传演讲。她刚刚走上讲台，就拿出一张小图片，双手举着说："小朋友，大家请看小肚皮（图片）。"孩子们一听要看小肚皮，纷纷解开衣扣。因为图片的遮挡，老师并不清楚小朋友现在的举动，便又问："小肚皮（图片）上有什么？"孩子们异口同声地答道："肚脐眼。"

原来，这位老师的发音有歧义，使孩子们误会了。

（2）遣词要确切

单独一个词的存在是无所谓恰当与否的，但如果这个词用在句子中，与其他词发生结构上的关系时，就有正确不正确、恰当不恰当的问题了。而且，词义还有大小，色彩还分褒贬。这就要求我们根据说话对象和内容准确用词。既不能大词小用、小词大用，也不能褒词贬用、贬词褒用。当然，修辞情况除外。

小王的亲戚张大妈和儿媳总闹矛盾，为劝她们和睦相处，小王给她们写了封信。信中有这样一句话："你们不要总吵架，让别人笑话，应该肝胆相照，和平与共……"

小王在这句话中就大词小用了。"肝胆相照，和平与共"应用于国际关系，用在这里，极不准确。

与小王相反，外事局的张局长又犯了小词大用的毛病。一天，张局长与一外国访问团座谈。 张局长在座谈结束时总结发言说："不管国际风云怎样变换，我们两国都要抱成一团儿……"

"要抱成一团儿"应该用于个人之间的关系，显然不能用在两国关系上。

另外，有些词还有习惯用法。 对这些有习惯用法的词，一定要按习惯使用，不能随意用其他词语代替。 否则，就无法正确地表达思想。

一天，某领导主持一个追悼会，本该说"请默哀三分钟"，却说成"请难过三分钟"。 三分钟过后，他还没想起"默哀"一词，于是，只好说："现在难过结束"。

"默哀"与"难过"是同义词，但在追悼会上，习惯说"默哀三分钟"，而不说"难过三分钟"。 这是约定俗成的规矩，不能改变，这样一改，就显得有些不伦不类了。

（3）停顿要恰当

停顿是指句子中间、句子之间、段落之间和层次之间的间歇。说话时该停则停，否则会影响听者的理解。

在单位的例行总结会上，一位领导同志做报告时说："通过这次调整工资，极大地调动了职工的积极性，加了工资的和尚，未加工资的同志，都纷纷表示……"此"妙语"一出，全场听众哗然，纷纷揶揄道："我们不是少林寺，何来和尚？"

"怪不得我们这些人没涨工资，原来指标都给庙里了！"

如何与他人成功交谈

1. 放松心情

实际上，人们在日常交谈中所谈论的话题大多没什么特别的意义，不会对彼此的生活产生特别的影响。据专家调查统计：即使谈话气氛非常热烈，多半内容也是无意义的。因此，我们和陌生人闲谈时大可放松心情。只有当心情处于平静状态时，思想的车轮才能迅速转动起来。

2. 选择合适的话题

同陌生人谈话，双方既不认识也不了解，如果不注意讲话的方式，交谈起来就会变得很困难。因此，如果能够找对合适的话题，激起对方的谈话欲望，谈话就会自然而然地进行下去。当然，此时的你不要期望对方一开始就热情高涨，善言者总是等到对方变得有兴趣以后，再试图从他们那里引导出一些有趣的想法。比如，你可以这样开始谈话：

"请问您是哪里人？"

"请问您来这里多长时间了？"

"请问您是乘飞机来的吧？"

这样的话题，通常能引起别人的兴趣。如果对方是个善谈的人，你们的交谈便可一路进行下去。

3. 保持谈话顺利进行

出色的交谈家不必太聪明，顺利的谈话不在于你有多少传奇性的经历，而在于启发、诱导别人讲话。 值得一提的是，"你"在谈话中是前进的信号，而"我"则是停止的信号。 要设法使谈话迎合对方的兴趣爱好，多用"为什么"、"哪里"、"怎么样"等。 当他说"我在山东老家开了个店"时，你不要匆忙抢着说"啊，我在陕西也有两家店铺"，而应该问："具体在山东的哪里？"

4. 谈话切忌以自我为中心

人总会对自己的工作、家庭、故乡、理想等话题表现出浓厚的兴趣。 其实，即使问"你从哪里来？"这样一个简单的问题，也能把你对对方的兴趣传达给他，激发对方谈话的欲望。 这样一来，交谈当然会更加投机。

不要学某位年轻的剧作家，与他的女朋友谈论了两个小时自己的剧本后，接着说："有关剧本我已经谈得够多了，现在，来谈谈你吧，你认为我写得怎么样？"

5. 适时谈论自己

当别人让你讲自己时，不要径直推托。 稍微告诉对方一点儿你的情况，会使他感到十分荣幸。 因为，你是用非常友好的态度与他交谈的。

6. 使用"我也"这个字眼

如果他说："我喜欢听乡村音乐。"你最好回答："我也是。"如果你能多少讲一点儿有关乡村音乐方面的知识和体验，那就更好了。

如果他说："我喜欢吃冰淇淋。"恰好你也有同样的爱好，一定要想办法告诉他。 如果他说他出生在江南的一个小镇上，刚好你曾去过那里，那你一定要告诉他……

7. 忌取笑、逗弄或讽刺

别人的自尊会在他人的逗弄和取笑中受到伤害，而任何威胁他人自尊的事情都是不明智的，即使在玩笑中也是如此。研究显示，人们不喜欢被取笑，尽管他们的关系很亲密。只有在非常亲密的朋友之间，才可以开一些充满善意的玩笑，因为，他们不会追究那些无关紧要的小事。如果别人非常了解你、非常喜欢你，和他开玩笑当然可以，但仍要把握好分寸。

招人喜欢的说话技巧

中国素有文明古国和礼仪之邦的美誉，在物质生活极度丰富的今天，更应重视精神文明。 在人与人的交往中，如果都能注重文明礼貌，大家的心情就会更加舒畅，进而相处得更加和谐。

能尊重别人的人，亦受他人的尊重。 虽然事理不尽相同，但只要我们心怀谦逊，随时注意说声"请""对不起""谢谢"，就能减少很多摩擦和不必要的误会。

你当然明白这些字眼的意义，具体要如何运用呢？

身边的同事上班时，为你倒杯茶，你应该说："谢谢！ 茶梗还浮在上面，肯定是新泡的吧！ 嗯！ 由你倒的茶特别香。"对方必是无比欢欣，以后还会接着泡。

曾听朋友讲过这样一件小事：

几个刚从大学校园毕业的年轻女孩去百货公司购物，在上厕所的时候，正碰到清洁工们在打扫卫生，其中一人随口对那位瘦弱的清洁工说："辛苦你啦！"这位清洁工激动得看着对方说："谢谢！ 您真是个好人。"

后来，朋友感慨道："也许，从她上班那天起，还未曾有人对她说句'辛苦啦！'，大部分人只想到她是个扫厕所的工人，地位低下。 而一句简单的'谢谢'，足以让她欣慰，让她感到温馨。"

有人曾做过一次问卷调查，访问送报者，询问他们工作何时最快乐，其中二十人答称领薪水时；而七十人答道，当顾客说，"你辛苦了"时最感欣慰，这也是同样的道理。

我们请求别人一件事时，最好说："你辛苦了！ 因为你的帮忙，让我受益匪浅。"

我们如果不知恩图报，反而说："什么，怎么是这种办事效率？既然答应帮忙又为何拖泥带水的？"这么一来，即使对方有意突破困难，助我们一臂之力，也会心灰意冷，心想："谁会再帮这种人的忙？"

其实，不管我们是否心情愉快，多说"辛苦了"、"谢谢你"之语，总不会惹人厌烦，说不定，看到别人脸上的微笑，自己的心情也会开朗许多。

当我们把麻烦和不便带给别人时，一句"对不起，实在是我自己不小心啊！"或"对不起，我并非故意的，请见谅！"等语句，便可大事化小，小事化了，不会节外生枝，惹些意外的纠纷。

别人表示感谢时，你说"别客气"，往往代表着对对方的尊重，若因此而引起人家对你礼貌周到的好感，自己心里也会有惊喜和欣慰！

谈话时要避开禁忌

以下是一些谈话的禁忌：

1. 个人的隐私

私人话题，不要主动谈起，否则，会让人感到你有敌意。 在公开场合，为了尊重自己和对方，不谈个人隐私。

2. 个人的健康状况

除自己的亲朋好友外，没有人会对他人的健康检查或过敏症感兴趣。 对于患有严重疾病的人，如各种癌症、艾滋病或各种性病等，自然不希望惹来过多的"关注"。 另外，不要在遇到病人的时候愁眉不展，应像对待平常人一样对待他，不要提起他所经历的病痛。

3. 富有争议性的话题

一些社会上颇有争议的话题，除非你很清楚对方的立场，否则，应该避免谈论这些敏感性话题。 比如，宗教、政治、党派等，以免发生不必要的争执。

4. 有关金钱的话题

一个人的话题如果总是围绕着"这值多少钱？""那值多少钱？"会让人觉得对方是个俗不可耐的人。 其实，生活的含义极其丰富，金钱并不是它的全部。

5. 个人的不幸

不要把自己的不幸搞得人尽皆知。 若是对方遭遇了不幸，如他离婚或是家人去世了等，绝不要为了满足自己的好奇心而触及这个话题或者追问不休。 当然，若是对方主动提起，则需表现出同情并听他诉说。 与刚遭遇不幸的人说话，你最好让他尽情抒发。 如果不幸的主角是你自己，在谈论公事时，应尽量不要插入自己不幸事件的话题以避免尴尬：是该对你表示同情，还是继续讨论公事？

6. 老生常谈或过时的主题

一张口都是一些老生常谈的话题的人，提不起他人谈话的兴致。

7. 黄色笑话

在房间内讲黄色笑话可能会很有趣，但在大庭广众下说，效果就不好了。 常说黄色笑话的人往往给人留下缺乏自信与能力的印象，别人会觉得他只会用这种方式吸引别人的注意力。

8. 害人的谣言

很多人常常为了自己的利益散布谣言，当你准备开始谈论这些闲话之前请先思考一下：无论是"添油加醋"，还是这些内容都是真的，一旦说出口，便会给他人造成伤害。 如果想停止与别人继续讨论这些内容，可以准备一些有趣的话题分散大家的注意力。 生活中，对于一些个人隐私、具有争议的话题、黄色笑话，或者害人的谣言等，有见识的人都会离它远远的。 当然，对于这些话题，私下里可以闲聊一下，但在公众的场合则应该避免谈起。 只有这样，在交际中才会避免尴尬又不触及别人的痛楚，有利于双方的交谈。

将语言表达变得多姿多彩

擅长说话的人，总是能流利地阐释自己的意愿，也能把道理讲得比较透彻、动听，使别人很乐意接受。甚至可以从谈话中立刻判断出对方的意图，或从对方的谈话中寻求启示，而且，还能通过谈话，加深彼此之间的了解，建立友好的关系。

一些不擅长讲话的人碰到的情形则刚好相反。他们说话不能完整地表达出自己的意图，往往让对方费神去听，却又不能使别人明白他们所说的话的意思，这就使交流出现了障碍。

有事情要和别人说，或有事情需要别人合作的时候，说话流利的人总是很容易做到。不欢而散是不会说话的人的必然结果。

首先，发音要正确。对于每一个字，发音都必须准确、清楚。准确、清楚的发音，可以通过平时的练习、与别人谈话、朗读书报、多听广播来达到。

其次，说话的时候，要使每一句话都明白易懂，避免使用专业术语。别以为用了这些词汇，就显得自己有学问。其实，如此讲话不但让人听不懂，而且会弄巧成拙，引起别人对你的误解和疑虑，甚至产生反感。

良好的交际语言，应该通过大方、熟练和生动的语言来表达你的意思，让你的话有声有色、扣人心弦。

说话的速度不宜太快，也不宜太慢。语速过快不但让对方反应不过来，而且自己也容易疲倦。当然，说话太慢也是不可取的，这会让人觉得你做事不利索。

"信口开河"、"放连珠炮"都是不好的说话方式。　"信口开河"并非表示你很会说话。　恰好相反，却证明你说话缺乏诚意，不真实不负责任。　描述一件事或一个人，必须恰到好处。　别以为夸大其词可以收到预期的效果，那只会适得其反。　至于说话像"放连珠炮"，只会使人厌烦，因为，在公共场合说话，你要顾及周围的安宁，声音不要太大。　反之，如果你要公开演讲，就要注意自己说话的声音是否每一个人都能听得到。

　　把文字、句子组合起来变成的声音就是说话。　"话"的实体还是词语本身，运用词语有以下几个原则：

1. 说话越简洁越好

　　有些人为了展示自己的才干，极力修饰语句，或用重复的形容词，或用西方语言特有的修饰手法，或穿插一些歇后语、俏皮话，甚至引用经典、名人语录。　用了许多华丽的字眼，也不一定能达到应有的效果，反而令人觉得不踏实。　假如你不认真地听他讲话，还真不知道他在说些什么。

　　有些人在说话时，东拉西扯、缺少语言组织和系统性，也使人听不明白。

　　假如你说话有上述特点，只要在说话时注意说得简明扼要就行了。　在话未出口时，先在脑子里构思一个轮廓，再按照先后次序表达。

2. 词汇不要重复使用

　　一句"为什么"足矣，而有些人却要说"为什么？　为什么？"答应别人一件事，说一两个"好"就足够了，但有些人却说"好好好好……"或者说"再见再见再见"。

重复的词汇，在加强语气时可以用，平时不能乱用。

3. 同样的名词不可太多

某人在解释月球上不可能有生命这个问题时，在几分钟内，把"从科学的观点上说"这句话用了二三十次。无论是多么显示才华或新颖的词，词汇的价值都会因重复而贬值。

第一次把女人比喻为花的人是机智的，但第二次再用它的人就是愚蠢的了。我们当然不必拘泥于上面所说的，每说一事都要创造一个新名词，但重复或纠结于单一的语言，会使人厌倦。

一位幼儿园老师在讲故事时，说到某公主，她说："这公主是很美丽的"。说到太阳，她也说："这太阳是很美丽的"。此外，说到水池、小羊、草地、高山，也都用"很美丽的"。结果，小朋友们问她："老师，到底哪一个是最美丽的？"她为什么不用"可爱的"、"柔嫩的"、"明亮的"等词句来调和一下呢？这样一来，效果就会好得多。

4. 不说粗俗的字眼

古谚道："字为文章的衣冠"，现在我们说："言语为个人学问和品德的衣冠。"相信这没有什么不妥吧!

有些人表里不一，外强中干，不开口还好，一开口就满口粗俗话，特别低俗，使人作呕，刚才的敬慕之心，也会顿然消失。

你可以用幽默有趣的话来表现你的聪明、活泼和风趣，但应尽量避免不雅言论。一句不中听的话，会使别人觉得你卑劣、轻佻和无知。

和粗俗话一样，深奥的学术语也不可用得太多，除非你是一个学者，正在讨论学术问题。　满口新名词，即使使用得当，也不太好。

　　如果滥用学术用语，听众就会不知你想表达什么，并因此而以为你有意在他面前夸耀自己的才华。　如果是内行人，则会觉得你很浅薄。

　　不知对方的文化程度时，用什么字眼都要小心。　有些人不顾对方懂不懂，就随便在话中夹入外国语和外来语，以后应尽量避免。

提高交谈效率的方法

怎样成功地和人说话，如何使交谈产生更高的效率，建议你采取以下方法：

1.选择恰当的时机地点

保证交谈时间充足、选择一个不受他人打扰的谈话地点，这是交谈必备的两个首要条件。不同内容和性质的谈话应当选择不同的时机场合，当你们闲谈时，轻松愉快的环境是必须具备的条件。

2.明确自己交谈的目的

你如果一点儿都不知道谈话的内容，就不可能很好地参与交谈。你不仅要了解将要交谈的主题，还要了解交谈的性质，预期的目的，即它是理论性的还是实用性的，最终结果是要达到怎样的目标。

3.选择合适的人选

当你与他人交谈时，不要和所有人什么都说。有些谈话必须要求交谈者具有共同的兴趣和条件、共同的性格，志同道合。如果你明知某人对将要谈论的话题持反对意见，那么最好别让他参加。明智地与合适的人员交谈，对整个交谈的效果具有重要意义。

4.避免毫无意义的讨论

在我们的生活和工作中，无须讨论所有的事情，并非任何话题都可以拿出来讨论。 某些情况下，因为个人的性格、兴趣和偏好不同，理解上也会存在差异。 如果这时去讨论，一定没有任何结果也毫无意义，这样做，只能是浪费时间。

5. 给别人讲话的机会

在日常生活中，我们可能都碰到过这种情况：当甲在说话时，乙似乎全神贯注地听着，而事实上，他只是礼节性地等着甲讲完后将自己脑子里的东西倒出来。 他根本不在乎甲所讲的内容。 反过来，甲也是如此。 这种情况下的交谈毫无意义，它只是给各方提供了一个说话的对象和机会而已。 这种现象在交谈中应该避免，要给别人讲话的机会，并认真去听，真正达到交流的目的。

6. 避免跑题

在交谈中听到提问时，应该首先弄清问题，再依理解回答。 有些人把别人的提问当成让自己说话的一种信号。 于是，当他听到提问时，想什么就说什么，完全不考虑场合的要求。 其实，当你听到提问时，并不需要立刻作答，应该首先弄清他人提问的内容和意图，然后再根据自己的知识和判断做出回答。 离题的回答是不起作用的。

7. 提问要清楚明白

当你问别人问题时，应该尽可能将问题提得明确易懂，不要做一个懒惰的提问者，也不要以为自己什么都懂，就设想自己以任何简单的方式提出来，都会让他人明白。 不要接二连三地提问，所提问题不能毫无联系，也不能对别人的回答无动于衷。 否则，这种提问方式就不是交谈，而只是某种形式。 当然，也许你并不期望他人做出任何实质性的答复。 对象不同，你就要考虑不同的提问方式。

8. 不要打扰他人讲话

不能在别人的话还没说完时，就将自己的话题接上去，然后，使劲地把自己脑子里的东西全部倾出。 如果你不尊重他人讲话，就会受到同等对待。 因此，给别人留有余地，其实是在为自己着想。

9. 尊重交谈对象

当你听别人讲话时，不要无礼地与他人交头接耳。 和他人谈话时，你说话的声调和方式都应该保持有礼有节。 同时，不要过于拘谨，否则，会使你的表达受阻。 假如你知道自己某些话非说不可，但有可能伤害别人，那就应该注意方式，以避免伤害他人。 如果有些话必须说，而且必须此刻说，那就大胆直言。

交谈需要互动

生活中，与人谈天说地可以让我们尽情享受对话之乐、交流信息。同时，也可以达到交谈的目的。交谈并非唱"独角戏"，它是双方思想交流的一种形式。因此，无论是交谈的哪一方，都应该明白交谈的真正意义。有的人凡事都想插嘴，而且一插上嘴就没完没了，还觉得自己是个说话高手，事实却并非如此。试想，如果一个人总是自说自话地向别人唠叨一些自己津津乐道的事，并以为别人也对此趣味无穷，那么，有谁愿意听呢？

总之，在交谈的时候，如果气氛不够活跃，大家就会显得不耐烦。这种情况多半是由于话题没有回应所造成的。同样的道理，自己如果对这次交谈不感兴趣，自然也会出现这种状况。

倘若有丰富的话题引起我们足够的兴趣，交谈就能很好地进行。一般来说，人们皆有自我表现的本能。所以，一旦有说话的机会，便会把持不住。如果能有来有往、一呼一应，交谈气氛就会更加活跃，参与者的心情也会更加愉快和欢欣。所以，我们要选择活泼有趣、内容丰富的话题作为谈话的材料。有的人总喜欢在别人说话的时候泼冷水，或是故意找碴儿，这样做完全违反了会话的原则。在与人交谈的时候，应该先问一下："这样说可以吗？"，你以为压下对方自己就能独占会话的上风，但是，别人却不买账，不把你的话放心上，岂不是枉然？况且，如果你一直在说话时逞能，人们肯定对你"敬而远之"，你将如何是好呢？即便你想与人聊天，别人也不愿奉陪，最后独自落单，这便是自作自受了。

第三章

会表达，就能轻松化解尴尬

找准反驳的话题和时机

美国总统罗斯福刚刚任职，一些语言攻击就接踵而至，其中攻击他最为严重的要数亨利·门肯。

在一次大会上，政治人物云集，新闻记者熙熙攘攘地忙碌着。很快，轮到罗斯福演讲了。他清了清喉咙，友好地对亨利·门肯微笑后便说："各位先生女士，我的朋友亨利……"

听到这样的开场白，亨利·门肯大吃一惊。接着，罗斯福竟然大肆谩骂美国的新闻界，批评新闻记者的无知、愚昧与自大。记者们听到指责后也有些惊愕，不知所措，并且有种莫名其妙的感觉。不过，听着听着，记者们就回过神来了。原来罗斯福所讲的，其实就是亨利·门肯写在《美国新闻界》上的新闻片断。

1800 年，美国人约翰·亚当斯参加了总统竞选。当时，一个共和党人煞有介事地指控他曾委派如今的竞选伙伴平尼克将军到英国去挑选四个美女做情妇，并把其中两个送给平尼克将军作为报酬，其余两人则留给自己。

当时，约翰·亚当斯如此说道："假如真是这样的话，那么平尼克将军肯定欺骗了我，把四个美女全都独吞了！"周围的人听后，都忍不住大笑起来。

其实，这种花边新闻对于一个参加总统竞选的人来说，是一道无法治疗的硬伤。但是亚当斯灵机一动，和大家开了个小玩笑，不但为自己解了围，还巧妙地告诉众人自己对此事毫不知晓，无疑是有人在造谣。这样，一个本来严峻的问题就变成了一个笑话，让人对亚当斯的说话技巧赞叹不已。

这就是一个懂得说话技巧的人做事的可取之处，反驳有力而又不失身份，让人根本没有还击的余地，也使对方以后不敢再做出挑衅的事来。

以含蓄的语言表达不满

　　有一家公司的餐馆部不仅食物的味道很差，还收费昂贵。 员工们很是无奈，每逢吃饭时就会用一种特殊的方式提醒餐饮部的工作人员。

　　一位顾客在购买一份菜之后，立即叫了起来。 他用手指捏着鱼尾巴把鱼从盘子中提起来，冲着餐厅负责人喊道："喂，你过来问问这条鱼吧，它为什么减肥成这样？"

　　另一位员工要的是香酥鸡，却发现没有鸡腿，于是也叫起来："上帝啊，这只鸡难道没有腿？ 它又怎么能够上得到餐桌上呢？"

　　由于人们的思维逐渐趋向于理性，因此，人们不必用愤怒来解决问题，许多问题其实他们自己也知道，只不过需要有人指出罢了。 但是，如果你义正词严地当众指出他的错误，有时反而不能获得好的效果。 所以，只要含蓄地表达出来让对方领悟就可以了。

　　一天，瑞特穿着一件旧衣服去饭店。 当他走进饭店大门后，既没有人出来迎接他，更没有人招待他。 这时瑞特才知道，在座的每一位都是西装革履，服务员对待他们彬彬有礼、服务周到。

　　于是，瑞特回到家里，换上好衣服又去了饭店。 当他刚踏入饭店大门时，服务人员便出来迎接，并且把他引到了一个特别好的位置。 不大一会儿，他点的菜就端了上来，服务员还特别热情地说："先生，请慢用。"

　　只见瑞特麻利地脱下外衣，将它妥帖地放好，说："衣服吃饭了。"

　　服务员好奇地问："先生，您这是什么意思？"

瑞特说："我也要把我的外衣款待好啊。你们这里的酒和菜，不是给衣服准备的吗？"这样既委婉含蓄地表达了自己的不满，又保全了修养。

饭店服务员听到这话后特别不好意思，连忙向瑞特道歉。

含蓄的语言虽然不能起到使枯木重生的作用，但却能活跃谈话的气氛；虽然不可以解决大的纠纷问题，却能将事情点到为止；虽然可能达不成与犯错者的共识，但也可以让彼此心中有数。所以，指出别人的错误的时候，最好选择含蓄的表达方式。

要学会及时补救口误

说出去的话，泼出去的水。虽然说出去的错话很难收回来，却也并不是徒然无法。只要掌握许多处事的技巧，就可以将口误修补得天衣无缝。

丽莎是一名空中小姐，平时非常注重语言的学习，她们经常要接受一些特别的训练。尽管是这样，在平时的工作中，出现口误也是在所难免的。

有一次，丽莎和往常一样本着顾客至上的服务精神，诚挚地服务顾客。

当她向一对外籍夫妇询问他们的幼儿是否需要早餐时，那位男乘客礼貌地用中文回答说："不用了，我们孩子吃的是人奶。"

此时丽莎却没有听清他的回答，为表诚意，她又补充了一句说："哦，是这样，如果您孩子需要用餐，随时通知我就行了。"

男乘客被丽莎的话惊呆了，片刻后大笑起来。丽莎也因为自己的口误而尴尬起来，站在原地，不知如何是好。

与人交际中，确实难以避免口误。虽然其中的原因各有不同，但造成的结果却大同小异，要么贻笑大方，要么纠纷四起。

基于口误造成的后果有时会很严重，在口误产生之后，一定要用好脑子，并且用合适的语言试图弥补，挽回自己的面子。

现实生活中，死要面子活受罪的人比比皆是，他们认为及时纠正、弥补自己的口误是懦弱的表现，所以，他们宁愿继续错下去，也不会承认自己的失误，这样结果可能更不好。

1976 年 10 月 6 日，美国专门为总统的选举举办了一次辩论会，福特总统及其竞争对手卡特参与了辩论。福特总统在《纽约时报》记者马克斯·佛朗肯关于波兰问题的质问下，做了"波兰并未受苏联控制"的回答，并强调了"苏联强权控制东欧的事实并不存在"。

福特总统的错误显而易见，当时马克斯·佛朗肯及其他很多记者立刻提出了质疑，反驳他的解释。起初，马克斯·佛朗肯的反驳语气还比较委婉，希望福特可以借此更正自己的话语。

马克斯·佛朗肯说："向您提出这个问题我觉得有些不好意思，但是从您的回答中，我是否可以理解为您在肯定苏联没有把东欧化为其附庸国？也就是说，苏联没有用军事去控制东欧？"

明智的人会立即弥补自己的口误，福特总统却没有这样做，他觉得自己身为一国总统，在全国观众前丢脸，是不明智的做法，于是，他决定继续错下去，结果当然是沉重的。

选举辩论会结束后，各电台、报纸、杂志都刊登了这次电视辩论会的内容，都是福特失策的报道，他们不由得问："难道福特总统是个不打折扣的傻瓜吗？为什么他要像驴子一样顽固不化呢？"卡特一再地抓住福特的口误，使得福特的口误在当时闹得沸沸扬扬。

但凡聪明的人都不会在口误面前强词夺理，一般都会坦白地承认，并及时给予补救。或许在别人还没有发现他们的口误时，就用长篇大论的真理将自己的过失弥补了。这种做法不但弥补了过错，还让他人为其豁达的胸怀钦佩不已。

与福特总统相比，美国另一位总统的表现就要好得多。

有一次，美国总统里根去访问巴西，因旅途上的原因，在欢迎宴会上，他出现了一次严重的口误，他说道："女士们，先生们，大家好！ 今天，真的为能访问玻利维亚而高兴。"

当他讲完这句话后，在场的人都吃惊不小，里根的助手在一旁提示他出现了口误，里根立即改口说道："很抱歉，前不久我们访问过玻利维亚。"

事实上，他并没有访问过玻利维亚，但是为了补救这次错误，而撒了一个小谎。 在场的所有人都还没真正去计较这个口误时，他那滔滔不绝的长篇大论已经淹没了他的口误。 这种弥补口误的方法，某种程度上给自己保全了面子。 值得强调的是，出现口误后，最重要的一点就是要及时发现，不失时机地用巧妙语言加以弥补，否则等他人都注意到你的口误后，再去弥补就困难多了。

通常情况下，弥补口误有以下三种方法值得人们借鉴：

1. 转移法

所谓转移法，就是将说错的话从自己转移给别人。 例如："这是某些人的观点，而我却不这样认为，我认为……才是正确的"这样一来就给自己弥补口误创造了一个很好的机会。 即使别人意识到了你的这一过失，可你这么一说，对方也不能抓住你的"尾巴"不放，因为你说的话并没有什么不对。

2. 转折法

所谓的转折法，意思是说不要在出错的地方继续纠缠下去，立即转移话题，避免越陷越深，然后，再在错误言辞后面接上一句："然而正确说法应是……"或者是"刚才的说法不够严谨的地方，还应加以补充……"这样一来也就将口误甩到了一边，迅速换成自己的正确想法。

3.意思延伸法

意思延伸法，即把错误的言论不断引导成正确的结论。当你意识到自己发生了口误时，索性将错就错，然后把你原先错误的意思转变成其他的含义，使之逐渐走向正确。值得注意的是，在进行延伸的过程中，一定要选用适当的言辞，小心弄巧成拙。

说话出现口误虽是不可避免，但在处事过程中，应尽量避免，或者说降低这种错误出现的频率。如果不慎出现口误，也不用惊慌失措，动动脑筋想出最巧妙的语言给予弥补就可以了。

学会适当自嘲消除隔阂

自嘲的好处很多，比如，可以用自嘲的方法给自己搭建台阶，避免尴尬与难堪，还可以维护自己的自尊。不过，在采用"自嘲"的说话方式时应注意场合、把握时机，否则不但下不了台，更可能会弄巧成拙。

自嘲要审时度势，见机行事，不能随意使用。此外，对待自嘲者必须端正态度。因为，自嘲中包含着自嘲者强烈的自尊心，自嘲就是为了调节氛围，摆脱尴尬的束缚。那么，如何自嘲才适当呢？以下几点可供参考：

1. 用自嘲消除别人的偏见

约翰·马克是美国著名的黑人律师。1862年的一天，约翰·马克准备发表一个演讲，当他意识到在座的观众都是白人，而其中很大一部分人对黑人都抱有偏见时，他临时修改了演讲的开场白，说："女士们，先生们，我到这里来与其说是做演讲，不如说是给这一场合增添一点'色彩'……"

听到这一与众不同的开场白，听众们都大笑起来，原本严肃的气氛一下子也活跃起来，对立的情绪也在无形中消失了。虽然他后来的演讲言辞激烈，但听众中没有出现过激的反应，演讲很成功，成了演讲史上的著名篇章——《要解放黑人奴隶》。

生活和工作中，每个人都会被误解。误解你的人或多或少会对你有一定程度的偏见，这是很难避免的事情。偏见就像一道鸿沟，隔离了友善与理解，给人们造成了很深的误解。 如果不能及时将偏见消除，人际关系就很可能会被破坏，久而久之，会落得"孤家寡人"的下场。 有些人认为：偏见一旦产生是无法消除的。 因为要想改变一个人的意识，绝非易事。 事实的确如此，但是如果能妙用自嘲法，让别人不再对你存有偏见，就显得十分轻松了。 特别是遭到别人攻击前，若能先发制人，以自揭伤疤的方式，降低别人的对立情绪，就能逆转形势，变被动为主动。 这一招，用在与陌生人打交道时，效果惊人。

2.以自嘲应对"揭短"的人

曾有一位作家，出版了一部长篇小说，刚上市不久，就得到了大家的一致好评。 但是，却遭到了另一位作家的嫉妒，这位作家跑去问他："这本书写得还不错，是别人替你写的吧？"他答道："先生你很聪明，非常感谢你给予这部小说的评价。 但我也想问一句，是谁替你把它读完的？"这位作家灰溜溜地离开了。

遇到这种揭短的人，不妨采用滑稽、幽默的语言自我嘲讽、活跃气氛，这是反对人的好方法之一。

通常情况下，那些"揭短"的人，大多是自己的亲朋好友，这就需要人们在使用该方法时，要注意言语的使用，最好不要使用言辞过于激烈的词，以免伤害了亲戚、朋友间的感情。

3.用自嘲的方式表达苦衷

一位诗人应邀到某大学做演讲。 演讲结束后，一位学生向这位诗人提了一个问题，他说："在金钱社会里，您对纯文学与生活问题有什么看法？"

众所周知，人们对现代社会中纯文学性的东西不太关注，这个学生的言下之意是，问诗人如何面对纯文学与贫穷。诗人回答："就我个人而言，我能坚持写作的原因应该归功于我的妻子，她开了一家小饭馆，这就解决了我们一家人的吃饭问题。"

诗人的回答蕴含着无尽的沧桑与无奈，但是他并没有把这种情愫直接地表达出来，而是借自嘲的方法，既回答了大学生的问题，又给人们留下了深刻的印象。

在某些特定场合中，不宜说出一些自暴自弃或是表达不满的话，这时最巧妙的做法是以自嘲的方式回答对方，这样既能让别人体会到自己的苦衷，又不会让别人认为你是个自暴自弃的人。

4.用自嘲的方式避免尴尬

一家英国电视台记者在采访著名作家梁晓声时提出了一个非常难回答的问题："没有'文化大革命'，可能就不会产生你们这一代作家。那么，你对'文化大革命'有什么看法？"

梁晓声没有回答，而是机智地反问道："没有'二战'，就没有以反映第二次世界大战而著名的作家。那么，你觉得'二战'是好还是坏呢？"

该记者听完后哈哈大笑，与梁晓声握手言和。

在一次国际会议期间，西方一位外交官故意挑衅我国外交官，他说："如果你们不向美国保证不用武力解决台湾问题，那么很明显你们不愿和平解决台湾问题。"

对于这种充满挑衅性的说法，我国代表回答道："台湾问题是中国的内政，采取什么方式解决，是中国人民自己的事，没有必要向他国保证什么。"说到这儿，他话锋一转，反问道："请问，难道你们总统的选举也要向我们做保证吗？"

　　与人交际中，当对方有意无意触犯你的时候，你可以用自嘲的方式来摆脱困境，这是一种最恰当的选择，也是摆脱困境最有效的方法。它既能维护你的尊严，又能将宽容大度的形象摆在对方面前，从而赢得别人的尊重与信任。

　　用"自嘲"的方式为自己解除尴尬，显然是一个非常有效的方法，但是在自嘲过程中还应有所禁忌，不仅仅要注意场合、时机、对象，还应注意最好不要使用过于贬低自己的言辞。

反唇相讥，回击不怀好意者

回击的方式，主要有以下两种：

1. 抓住问题的实质

当遭到不怀好意者的挑衅时，不要只把问题局限在问题的表面，要抓住问题的实质。这样有利于改变自身处境，狠狠地打击不怀好意者，使其自食恶果。

莫洛托夫是苏联首任外交部部长，这位出身于贵族家庭的外交家曾经因出身问题而遭到了不怀好意者的攻击。在一次联谊大会上，一位英国工党外交官向他提出了一个刁钻问题，说："你是贵族出身，我家祖辈是矿工，我们两个究竟谁能代表工人阶级呢？"面对这种刁钻的提问，莫洛托夫并没有表现出惊慌失措，他不慌不忙地说："对的，不过，我们却都走上了与出身相反的路。"对方听到莫洛托夫的这一回答后，闭口不言。倘若莫洛托夫与对方纠缠在出身问题上，就一定会陷入不利的境地。而此时他所说的，不但使不怀好意者无言以对，还展现了自己高雅的风度，而不怀好意者却落得个"偷鸡不成反蚀把米"的下场。

俄国学者罗蒙诺索夫一直生活俭朴，因此，他对穿着没有太多讲究。一次，一个不学无术、好吃懒做的德国人，看到罗蒙诺索夫那破旧的衣衫，不禁挖苦道："透过这衣服的破洞，我发现了你的才学。"罗蒙诺索夫没有给这个人留任何情面，毫不客气地说："先生，从这里我却看到了另一个人的愚蠢。"那个不怀好意的德国人本来是想趁此机会让罗蒙诺索夫出一下丑，没想到却被罗蒙诺索夫说得无言以对。其实，生活俭朴是一种值得提倡的美德，那个德国人显然是有些小题大做，其最终目的就是想羞辱一下罗蒙诺索夫，可是罗蒙诺索夫却抓住了问题的实质，利用巧言使那不怀好意的德国人自觉无趣，知难而退了。

2. 以比喻对比喻

有些不怀好意者总喜欢将人比作一些不雅的事物，以此来达到讥讽、贬低别人人格的目的。在这种情况下，最好的回击办法，就是以比喻对比喻，采取同样的方法回击不怀好意者。

达尔文提出生物进化论以后，得到了赫胥黎的全力支持，为了维护和宣传达尔文的这一学说，赫胥黎与宗教势力展开了激烈的论战。为了诋毁赫胥黎，教会把他说成是"达尔文的斗犬"。在伦敦的一次辩论会上，赫胥黎遭到了宗教头目的攻击。当他们看到赫胥黎步入会场时，便破口大骂道："当心，这只狗又来了！"赫胥黎根本不在乎他们的谩骂，而是不屑一顾地说："是啊，盗贼最害怕嗅觉灵敏的猎犬。"这样一来，那些不怀好意的教会头目们也无可奈何，只能自认倒霉，闭上了嘴。

在这里，双方都用了"比喻"的方法，但赫胥黎的比喻更为巧妙，那些不怀好意者骂他是条狗，而他又巧妙地把"盗贼怕猎犬"这一人所共知的常理搬了出来，划清了宗教头目与自己的界限，从而戳穿了宗教头目的丑恶面孔，维护了真理。

掉转话题，巧妙化解尴尬

在语言交际中，我们经常会遇到一些令人尴尬的问话，比如一些秘密事情、个人的私事等。对待这样一些提问，如果我们用"不能告诉你"来回答，会使自己显得粗俗无礼，如果套用外交用语"无可奉告"来作答，那又会使提问者失望或不快。总之，对待这样一些古怪的问题，若我们答得不好，就有可能使自己陷入十分难堪的泥淖，不能自拔，以致大失脸面。

当遇到这种情况时，就需要具备"顾左右而言他"的语言艺术，从而及时扭转尴尬的局面。

转换话题就是一种最简单的办法，比如：

两个青年去拜访老师，在谈话中提到："老师，听说您的夫人是位英语教师，我们想请她指教一下，行吗？"

老师为难地沉默了片刻，说："我们前不久分手了。"

"哦？对不起，老师……"

"没什么，喝点水吧。"

"老师，您的书什么时候出版？快了吧？……"

这样转换话题，特别是提出对方很愿意谈的话题，就会迅速地缓解尴尬局面。

问话者见对方对其问题不予理睬，很快就会意识到自己的无礼，从而不再追问。

某单位一女工结婚，在单位散发喜糖，刚巧该单位有一位大龄女青年。大家吃糖的时候，突然一位中年科员笑着对那位女青年说："喂，什么时候你也请我们吃喜糖啊？"大家都望着那位女青年。 那位女青年脸微微一红，然后指着身边一位女同事身上的一件款式新颖的上衣问：“咦？ 这件衣服在哪买的啊？ 什么时候买的？”两个人便兴致勃勃地谈起了那件衣服。

在公众场合问这种问题是很不礼貌的。 女青年碰到这个尖锐的问题时处境十分尴尬，回答不好可能会引起大家的闲话。 于是她立刻把话题转移到同事的衣服上，借以回避对方的无聊问题。 问者见对方不予理睬，自然也认识到自己的失礼，也不会再说些什么。

这种方法可以缓解尴尬的局面，但是它又未免太过生硬，而且效果并不是非常好。 要是用更婉转的方法来转移话题，会显得更漂亮、干脆。 这种方法就是岔换法。

岔换法是针对对方的话题而岔换新的话题，表面上看是在回答对方，而实质意义却是不相干的两个问题。 它给人的感觉通常是干脆利落，能传达出一种较为和谐的气息。

要会自我调侃

　　有一次，10 多年没见的老同学聚会，因为大家都是好朋友，所以，谈起话来比较直接。有一位男同学打趣地问一位女同学说："听说你的先生是大老板，什么时候请我们大吃一顿？"他的话刚说完，这位女同学就变得紧张起来。原来这位女同学的丈夫前不久因发生意外去世了，但这位开玩笑的男同学并不知道。旁边的一位同学暗示他不要说了，谁知这位男同学偏要说，旁边的那位同学只得告诉他真实的情况，这位男同学顿时觉得羞愧万分。不过他迅速回过神，打了一下自己的脸，调侃地说："你看我这嘴，几十年过去了，还像学生时代一样，不知高低深浅，只知道胡说八道。该打嘴！该打嘴！"女同学见状，虽有说不出的苦涩，但还是原谅了他，苦笑着说："不知者不为怪，事情过去很久了，现在可以不提它了。"男同学便忙转换话题，从尴尬中解脱出来。

　　当我们处于类似的局面时，最好的办法就是：不要死要面子活受罪，可以采取上面男同学的做法调侃一下自己，表达自己真诚的歉意，而对方也不会再责备我们，相反还会一笑了之。

　　1915 年，丘吉尔还是英国的海军大臣。不知由于什么原因，他突然要学开飞机。于是，他命令海军航空兵的那些特级飞行员教他开飞机。

　　丘吉尔很有毅力，不但刻苦用功，拼命学习，还把自己全部的业余时间都搭上了，负责训练他的军官都快累坏了。丘吉尔虽称得上是杰出的政治家，但这跟开飞机没什么大联系。也可能是隔行如隔山吧，总之，丘吉尔虽然刻苦用功，但就是没有学会开飞机。

有一次，由于天气原因，一段 16 英里（约 26 千米）的航程，竟然花了 3 个小时才抵达目的地。

　　着陆后，丘吉尔刚从机舱里跳出来，那架飞机竟然再次飞起来，一头撞到海里去了。旁边的军官们都吓得怔在那里，一动不动。

　　原来，匆忙之中的丘吉尔忘了操作规程，慌乱中再次发动了引擎，望着眼前这一切，丘吉尔也不知所措，好在他并没有惊慌，而是装作什么也不知道，自我解嘲道：

　　"怎么搞的，这架飞机这么不够意思。刚刚离开我，就又急着去和大海约会了。"

　　一句话，缓解了紧张的气氛，也让丘吉尔摆脱了尴尬。

装作不知道，说得更奇妙

这里有一则流传很广的笑话：

一家星级宾馆招聘男性客房服务人员，经理问了应聘者这样一个问题：

"假如你无意间把房间推开，看见一位女客正在洗澡，而她也看见你了，这时候你该怎么办？"

第一位答："说声'对不起'，就关门退出。"

第二位答："说声'对不起，小姐'，就关门退出。"

第三位答："说声'对不起，先生'，就关门退出。"

结果第三位应聘者被录取了。为什么呢？前两种回答都会让客人陷入尴尬的境地，唯有第三位的回答很巧妙。他假装看错人，既保全了客人的面子，又使双方摆脱了尴尬。

一位新来的实习老师刚在黑板上写了几个字，学生中就有人突然叫起来："新老师的字比我们童老师的字好看！"

真是语惊四座！幼稚的学生哪能想到：此时班主任正坐在教室的后排，这会让她多尴尬啊！对这位实习生来说，初上岗位，就遇到这种尴尬的场面，的确让人头疼：如果处理不当，以后怎样同这位班主任在一起相处呢？怎么办？谦虚地回应学生几句，行吗？不行！把学生教训几句？更不行！这位实习生灵机一动，装作没有听到，继续写了几个字，头也不回地说："是谁不专心听课在下边大声喧哗！"此语一出，后座童老师顿时轻松了许多。

这里这位实习老师很好地采用了佯装不知的技巧，装作没有听清楚，而攻击"喧哗"这一虚像。 这样既暗示了童老师自己没听到学生说什么，又打击了那位学生无心的称赞兴致，也让学生不再重复该话题，避免再次造成尴尬局面。

尚美在一次聚会上第一次穿了高跟鞋和超短裙，还化了浓妆。朋友们见到她这样的打扮，一片惊呼，她自然而然地成了聚会的焦点。 蹦迪是年轻人聚会不可或缺的一项活动。 穿高跟鞋和短裙肯定是不方便蹦迪的，何况尚美还是第一回穿呢。 开始她不愿意下舞池，后来在朋友们的劝说之下勉强蹦了一会儿，谁知鞋跟折断了一个，短裙也在不经意间撑破了。 她只好故作镇静，一瘸一拐地回到了座位上。

一个女孩看见了，忙问她怎么了，她回答说脚扭了。 女孩关心地弯下腰去看。

"啊，你的鞋跟断了呀。 真是太倒霉了。 哇，你的裙子怎么……好了别介意，大家都是朋友，没人会笑你的，我也会给你保密的。 你就在这儿坐着好了，待会儿结束了我陪你回家。"说着又下了舞池，剩下尚美一个人懊恼地坐在座位上。

一曲终了，大家都下场了，一个男孩过来坐到了尚美对面，尚美很紧张，生怕被他发现了，赶忙说脚有点不舒服，就把两脚的位置换了换。 男孩并不看她的"伤势"，只是叫了两杯饮料，说："蹦迪很累吧，看你平时挺文弱的，一定小心啊。 这种激烈运动连我都浑身湿透了，你肯定更累了。 以后多锻炼锻炼，再穿上今天这么漂亮的衣服，肯定会特别好看的！"

两个人聊了半天，男孩始终没有再提起她的"伤"。 其实他早就发现了，为了不让尚美太尴尬，他装作不知道，这就缓解了尚美的尴尬处境。

在中国，面子非常重要。遭遇尴尬以后，即使表面装作不介意，心里也有个很难解开的疙瘩。所以，说一句"痴"话，故作不知，是解决这类问题的最好办法。正如卡耐基曾经说过的："我们常会碰到这样一种人，他们知道别人出了洋相，就主动地去安慰人家，还一厢情愿地认为别人会用感激的目光看着他。其实别人最希望的，是你什么也不知道，没有嘲讽，也没有安慰。"

第四章

会表达，就能巧妙化解矛盾

困境中要以情动人

在美国经济大萧条时期，有一位 18 岁的姑娘，她费尽千辛万苦才找到一份在高级珠宝店当售货员的工作。

圣诞前夕，店里来了一位 30 岁左右的贫民顾客。他衣衫褴褛，一脸悲哀，用一种不可企及的目光，目不转睛地打量着那些珠宝。

姑娘要去接电话，但一不小心，把一个碟子碰翻，六枚精美绝伦的金戒指掉在地上。她慌忙捡起其中的五枚，但第六枚却怎么也找不着了。这时，她看到那个男子正向门口走去，顿时，她醒悟到了戒指在哪儿。当男子正准备推开门的一瞬间，姑娘柔声叫道："对不起，先生！"那男子转过身来，两人相视无言，足足有一分钟。

"什么事？"那男子问，他脸上的肌肉在抽搐。

姑娘突然一句话也说不出来，因为，不知如何开口才合适。

"什么事？"他再次问道。

"先生，这是我的第一份工作，如今找工作太难了，是不是？"姑娘神色黯然地说。

男子静静地凝视着她，终于，一丝柔和的微笑浮现在他脸上。

"是的，的确如此。"他回答，"但是，我能肯定，这份工作你一定会干得很出色。"

"我可以为您祝福吗？"停了一下，他向前一步，把手伸给她。

他转身出门，渐渐远去。

姑娘目送他的身影消失在门外，转身走向柜台，把手中握着的第六枚金戒指放回原处。

　　在尊重，谅解对方的前提下，这位姑娘成功地要回了青年男子偷拾的第六枚金戒指，以"同是天涯沦落人"的凄苦言语博得了对方的真切同情。对方虽是流浪汉，但此时，他却握有打破她饭碗的金戒指，极有可能使她也沦为"流浪汉"。"这是我的第一份工作，如今找工作太难了"这句真诚朴实的表白，饱含着惧怕失去工作的担忧。与此同时，也饱含着恳请对方怜悯的意思。最终，姑娘感动了对方，流浪汉把戒指归还给她了。

对于他人的无意冒犯应保持宽容的态度

在商场做导购员的小敏是一个聪明的女孩，她没有当面拆穿顾客的谎言，而是略施小计，化解了一场矛盾。

一位顾客来到小敏上班的百货公司，要求退回上周买的外衣。但是，她已经把衣服带回家并且穿过了。 女人是善变的"动物"，她突然又不喜欢这件外衣了。 于是，她就想试一试能不能退回来。她辩解说"绝对没穿过"，要求退掉。 这样的顾客，小敏见得多了，这样的问题自然难不倒她。 小敏检查了外衣，发现有非常明显的干洗的痕迹。 凭借她的经验，她知道如果直截了当地向顾客说明这一点，顾客是绝不会轻易承认的，因为，她已经说过"绝对没穿过"，而且精心伪装成没有穿过的样子。 这样一来，两个人很可能陷入激烈的争执，使事态恶化。

因此，小敏说："我很想知道是否你们家的某位成员把这件衣服错送到干洗店了。 不久前，我也做过一件同样的事情。 我把一件刚买的衣服和其他衣服一起堆放在沙发上，结果，我丈夫没注意，把它和其他脏衣服一股脑儿塞进了洗衣机。 我怀疑你也遇到了这种事情，因为这件衣服显而易见已经被洗过了。 不信的话，你可以跟其他衣服比一比。"顾客看了看证据，觉得瞒骗不过，而小敏又给了她一个台阶下，便顺水推舟乖乖地收起衣服走了。

小敏的话说到顾客心里去了，使顾客不好意思再坚持，潜在的争执消散于无形。 在这个过程中，小敏给足了顾客面子，顾客自然知趣并知难而退了。 在现实生活中，很多人把面子看得很重。 在遇到矛盾时，如果我们不懂得为他人保留一份尊严，不给他人台阶下，那么矛盾就会愈演愈烈。 朝气蓬勃的年轻人，思维比较灵活，应该懂得如何不揭穿他人的谎言，并顺着别人的意思，将思路引到自己这边，这种方法就叫"铺台阶"。 小敏就是这样做的，既保全了别人的尊严和面子，也顺利化解了危机。

不管在什么情况下，我们都要给别人留有尊严。 在日常生活中，倘若别人无心冒犯，我们不妨大度一点，不要什么事都斤斤计较。 能宽容的尽量宽容，不要反应过激。 如果实在忍无可忍，可以指出对方的错误，但只求使其知错，不要令人难堪，甚至伤其尊严。 我们可以用一种巧妙的方式去转换这种"冒犯"，这样一来，大家就能一笑泯恩仇。

常说"我们"，而不是"我"

语言是如此奇妙，有时候，意思接近的两个词语，却会产生不同的语言效果。以"我"和"我们"来说，就是一个典型的一字差千里的例子。

日常生活中，最常用的字就是"我"，那是因为我们希望被关注、希望被关心。如果我们把"我"换成"我们"，可能会取得意料之外的效果。因为，这样一来，对方就会将心比心，你就会被关注、被关心。由此，你不仅能收获友情、收获尊敬，还能收获快乐。

把"我们"换成"我"，不但能巧妙地拉近双方距离，还能使对方更容易接受你的观点。在说话的时候，如果我们无视对方的感受，只是一个劲儿地提到"我"如何如何，必然会引起对方的反感。但如果改变一下，把"我"改为"我们"，对于我们而言，这并不吃亏，但却能获得对方的好感，进一步加深我们与别人的友谊，也能顺利解决彼此之间的问题顺利解决。

俄国十月革命刚刚胜利的时候，许多农民因为仇恨沙皇，坚决要求烧掉沙皇住过的宫殿。无论谁来做思想工作，农民都置之不理，坚持认为非烧不可。最后，列宁亲自出面做说服工作。列宁对农民说："在烧房子之前，我们大家一起来思考几个问题，可以吗？""当然可以。"列宁问道："沙皇住的房子是谁造的？"农民说："是我们造的。"列宁又问："我们自己造的房子，不让沙皇住，让我们自己的代表住好不好？"农民齐声回答："好！"列宁再问："那么，这房子我们还要不要烧呢？"农民觉得列宁讲得好，就同意不烧房子了。

　　这是一个用"我们"一词解决了重大纠纷的典型范例，体现了语言的巨大魅力。列宁反复使用"我们"，拉近了自己与农民之间的距离，使农民乐于听他讲话，进而将农民的思路引到理智上来，最终达到劝服的目的。

小摩擦可以通过"和稀泥"的方法来解决

朋友之间的小摩擦，虽然在特殊情况下不能"和稀泥"，但是对于琐碎的矛盾，作为第三者，完全可以"和稀泥"。"和稀泥"主要有三种方法：

1. 支离拆分

倘若争执双方都在气头上，第三者应该当机立断，借口有什么急事（如有人找，或有急电），把其中一人支开，让他们脱离接触。等他们气消了，心静了，争端也就趋于平息了。

2. 以情制胜

第三者可以用双方过去的情谊来打动他们，让他们"休战"。或者以自己与他们每个人之间的情谊作筹码，说："你们都是我的好朋友，你们闹僵了，让我也很难过。就看在我的面子上，握手言和吧。"一般情况下，双方都会给第三者这个面子，顺台阶而下。

3. "欺骗蒙混"

旁观者应该随机应变，以假掩真，再顺水推舟，让冲突的气氛变得融洽。

不过，"和稀泥"必须和得好、得妙。否则，对方不但不领你的情，反而还会溅你"一身泥"，怪你"多管闲事"。如此一来，反倒是弄巧成拙。因此，"和稀泥"必须谨慎，只有恰到好处，才能皆大欢喜。

对于职场矛盾要注意细节

每个人都必须进入社会，在职场中摸爬滚打。 所以，职场关系非常重要。 假如我们不注意工作中的说话技巧，就可能引发矛盾，甚至会激化矛盾，严重的还有可能自毁前程。

李明今年 28 岁，是北京市某大型饭店的厨师。 一天，饭店负责配菜的员工给李明拿了一道菜的配料来，因为他不会做这道菜，所以让配菜的员工拿给会做这道菜的厨师曹心。 曹心以为李明偷懒，就责问他："这道菜你不会做吗？"李明说不会，曹心很不高兴地说："你看着，我教你！"他还骂了一些脏话。 李明生气地说："你再骂一句试试。"曹心又骂了一句。 李明没说话，片刻，猛地转身抄起炒菜用的炒勺用力朝曹心脸部打去，导致曹心双侧鼻骨骨折，右上颌骨额突骨折，被鉴定为重伤。

这就是言语不注意而造成的后果，曹心之所以被打伤，就是因为他的"出言不逊"，让同事李明很生气。 所以，在工作中，我们必须管好自己的"嘴"，谨慎说话。

1. 不向别人探听和揭露同事的隐私

每个人都有自己的秘密和私人空间，都希望保护自己的隐私，而不希望被他人触及，不管这个"他人"与自己关系多么亲密。 因此，我们不要揭同事的短，以免别人憎恨我们。 有些时候，装傻其实是聪明的表现。

2. 说话不要喋喋不休

在生活中，很多人说话时总是旁若无人，觉得自己是个演说家，滔滔不绝、喋喋不休。 既不看别人脸色，也不看时机场合，总把自己当主角，从头到尾都是自己在表演。 这些人只顾满足自己的表现欲，殊不知，早就冷场了。 在与同事交谈时，我们应该尽量谈论共同话题。 只有这样，才能使气氛更融洽，才能避免引起他人的厌烦，增进同事之间的感情。

3. 让畅谈增进感情

个人隐私不能随便说，但有些私事说说也没坏处。 比如：爱人的工作、孩子的学习等，在工作之余都可以与同事聊聊，以便相互增进了解，加深感情。

4. 说话不争论

交谈中，我们难免会与同事争辩，和谐的辩论可以加深彼此之间的了解，活跃气氛。 然而，有些人偏偏喜欢争论，总想在嘴巴上占便宜，没理也要争三分，非得辩赢才肯善罢甘休。 倘若你真的擅长辩论，也最好别在办公室发挥你的"演说才能"。 否则，即使在口头上胜过对方，也会导致对方心情不爽，使对方心怀芥蒂，无形之中产生矛盾。

5. 不要在职场抱怨

在日常生活中，每个人都会遇到烦心事，但每个人的对待烦心事的方式却不同。 有的人迎难而上；有的人知难而退；有的人却喜欢将苦难带来的负面情绪传给他人，在众人面前倾诉辛酸，以求获取同情。 这样的交谈虽然富有人情味，能增进人们的情谊，但一味地诉苦，却会使同事觉得你缺乏魄力和能力，久而久之，别人就可能看不起你。

6. 不要与同事谈论薪水

很多公司都不喜欢职员之间互相打听薪水，因为，一般情况下，职员的工资会有一些差别。所以，发薪水时，老板会有意单独联系，不公开数额。同工不同酬是常见现象，但它是一把双刃剑，用不好就容易引起职员们心里失衡，甚至将矛头直接转向老板，这当然是老板不愿意看到的。为了避免这种矛盾发生，我们最好不要在职场与同事谈论薪水的多少。

7. 不要在办公室大谈人生理想

在职场，作为初来乍到的新人，如果你整天念叨"在公司，我的水平至少能当副总"、"我要当老板，自己置办产业"等，就会很容易让老板对你产生敌意，或令同事排斥你，你也很容易被老板和同事放在对立的位置上。你的自身价值，老板和同事都清楚，不必刻意强调，关键是做好自己分内的事。

面对矛盾，可以转换思想方式

某保险公司的王小姐通过电话约好了时间，对李先生进行访问。

她一进门，便开门见山地说明来意："李先生，我这次是特地来请您和太太及孩子投保险的。"不料，李先生用一句话顶回来："保险是骗人的勾当！"王小姐并未生气，仍微笑着问道："噢，这还是第一次听说，您能说说您为什么会有这种想法吗？"

李先生说："假如我和太太投保3000元，3000元现在能买一部兼容电脑，可20年后再领回的3000元，恐怕连部彩色电视机都买不到了。"

王小姐又好奇地问："那又是为什么呢？"

李先生很快地回答："一旦通货膨胀，物价上涨，货币就会贬值，钱也就不禁花了。"

王小姐又问："照您的看法，10年、20年后一定是通货膨胀吗？"

李先生又迟疑了一会儿说："我不敢断定，依最近两年的情形来看，这种可能性相当大。"

王小姐再问："还有别的影响因素吗？"

李先生犹豫了一下说："比如，受国际市场的波动影响，说不定……"

接着，王小姐又问："除此之外呢？"

李先生终于无言以对了。通过这样的问话，王小姐对李先生内心的忧虑已经基本了解了。

于是，王小姐首先维护李先生的立场："您说得没错，假如物价急剧上涨 20 年，3000 元别说买电视机，恐怕只够买两棵葱了。"

李先生听到这里，心里很高兴。但接着，这位精明的王小姐向李先生分析近年来物价改革的必要性及影响当前物价的各种因素，进一步分析我国政府绝对不会允许旧社会那样的通货膨胀的事情发生的事实。并指出，以李先生的才能和实力，未来收入肯定会有较大的提升。

这些道理，虽然李先生也不止一次听别人说过，却没有哪个比今天听起来让人信服。最后，王小姐又补充了一句："即使物价有稍许上升，有保险总比没有保险好。况且，我们公司早已考虑了这些因素，顾客的保险金是有利息的。当然，我年纪轻轻，跟您谈这些道理，实在有点班门弄斧，还望您多多指教……"说也奇怪，经她这么一说，李先生开始面露笑容，相谈甚欢。显然，王小姐的推销获得了成功。

这位王小姐成功的秘诀在什么地方呢？就在于，她站在对方的立场上来思考，设身处地，发现对方的兴趣、要求，而后再进行引导，晓之以理、动之以情，使对方与她的想法同步，最后使之接受。如果不是做到这一点，而是仅仅针对李先生的"保险是骗人的勾当"观点开展一场"革命性的大批判"，那么，李先生显然更不会接受她的推销。

在生活中，与人交流产生矛盾时，最好的办法就是使对方认为，我们是与他站在同一立场上的。千万别认为"如果我是你"只是短短五个字而已，殊不知，它所能发挥的效力是惊人的。若不能设身处地地站在别人的角度思考，怎么能解决矛盾呢？"如果我是你"不仅能让对方觉得你与他立场一致，还能使对方接受你、喜欢你。有了这个前提，你就能成功地解决矛盾。

妙用双关语，化解尴尬局面

由于双关语委婉含蓄，生动活泼，而且幽默诙谐，饶有趣味，能给人以意在言外、回味无穷之感，因而在辩论中经常被人们所用。

里根当总统时，决定恢复生产新式的 B—1 轰炸机，此举遭到很多人的反对。

在一次作家招待会上，面对一帮反对他这一决定的人的责问时，他说："我怎么不知道 B—1 是一种飞机呢？ 我只知道 B_1 是人体不可缺少的维生素。 我想军队必然也需要这种不可缺少的东西。"

这句一语双关的话，让反对者们无话可说。

老诗人严阵和一位青年女作家访问美国，当他们在广场上散步的时候，偶遇两位美国老人。 看见中国人，他们很热情地迎上来交谈。 其中一位老人为了表达对中国人的感情，热情地拥抱那位女作家，并亲吻了一下。

女作家十分尴尬，不知所措。

另一位老人也埋怨那位老人，说中国人不习惯这样。 那位拥抱女作家的老人，很不好意思地站在一旁。

老诗人赶紧走上前微笑着说："呵，尊敬的老先生，你刚才吻的不是这位女士，而是中国，对吧？"

"对，对！ 我吻的既是这位女士，也是中国！"那老人马上笑着说道。

尴尬的气氛在笑声中烟消云散了。

第五章

会表达，就能让人心悦诚服

如何采用说服姿势

作为说服者，从开始说服工作起，其身体每时每刻都在表现着。这些表现，最重要的是身体姿势给对方留下的影响，它会决定着对方是否会听你说话，是否会尊重或厌恶你。

在开口之前都要注意你的姿势。比如，坐着突然站起来；或者把座位向对方移近一点；或者是来个其他姿势，只要做得自然，做得得体，对说服工作都会有帮助。

在说服过程中，谈话双方不会并排而坐，而以面对面的姿势为主。说服者最好在面对面时身体都保持微微前倾。听人讲话时，这种姿势表示对对方讲的话感兴趣，会给人留下谦虚、诚恳、尊重对方的深刻印象。对人进行说服时，这种靠近对方并微微前倾的姿势，既能减少各种外界干扰，又能给人一种亲切感和信任感，容易使对方获得一种受关心、受尊重的感觉。

不论你是采用何种姿势，一般不要侧着身子跟人说话，更不要背向对方，因为那样会使人误解你在轻视或鄙视他，给人留下一种很不受尊重的感觉。当然，这样的坐姿也使你不容易观察对方的情绪变化，反而会让你受到外界干扰。

还需要注意的一点是，要尽量采取向对方展现完整的身体姿势，不要抱臂盘腿，展现出一副悠闲的样子。用这样的姿势去听对方诉说苦闷或去对其他人进行说服，都会显得很不得体，也不够重视对方。

牢记说服手势

在说服时，手部动作更加灵活机动，能为说服者充分表达思想起到重要作用。即可以用手指动作来表明物体的外部特征，因为手指可以表明数字。在说"你……"时，随即用手指向对方，这动作手势就是对言语"你"的解释说明。

手势大致可分为象征、说明、协调和补充四类，象征性的手势，可以直接解释某个词语，表示抽象的概念，一般都有相对应的言语意义。这种手势，能够被大多数人或特定一群人所熟悉和理解。

说明性的手势，可以增强言语信息的内容，对言语起到解释的作用，使人们对听到的言语更能增加形象性的认识和理解。

协调性的手势，往往用于紧张环境中来调节环境气氛。

补充性的手势，可以起到弥补有声语言不足的作用。

手势不同于身体姿势，身体姿势是包括全身不断、多变协调的动作，而手势只是身体的部分活动，具有灵活多变性。

控制手势有复杂难操作的特性。说服时，要求手势必须适时、准确、自然得体。说服时必须谨记：手势之妙，贵在有真意，即有理有据，动于表，形于外，切忌无用和夸张之举；手势之巧，贵在含蓄，切忌直白外露、乱挥乱舞。手势不在多而在精要有精彩之处。如果每一句话都配上手势，就会显得复杂难操作，甚至还会给人一种张牙舞爪的不良印象。

要记住说服主要是靠"说"而不是靠"做"，正如唱歌一样，唱歌是以"唱"为主，手势是辅助"唱"的。如果跳来跳去就会影响其主要目的"唱"。

但是，无论是做哪种工作，在恰当的时刻配上恰当的手势，都能引起人们的注意，产生想要的效果。优美的手势，让人心中充满喜爱；柔和温暖的手势，让对方心中充满感激；坚决果断的手势，能给人带来勇气。这样你就不用担心注意力总从你身上移走。

当然，我们不能强求说出的每句话都很珍贵，手势都能起到传递信息的作用。但是，说话应简洁明了，不能多说废话，手势也一样，这应该是每一个说服者最基本的要求。

掌握好说服声调

一般来说，跟对方谈论愉快的事情时，就应该使用明快而爽朗的声调；跟对方谈论忧伤的事情时，就应该使用低沉缓慢的声调；跟对方辩论或鼓励对方时，就应该使用有缓有慢，有急又重的声调。这样轻重抑扬相结合，才会更加全面的表达你的内心世界。

语言声调，主要体现在以下五个方面：

第一，速度：说话语速的快慢；

第二，音量：说话声音起伏的大小；

第三，音高：说话声音的高低；

第四，音变：声音的变化；

第五，音质：说话声音的质量是否和谐统一。

准确进行说服所需具备的辅助条件有以下几个方面：

1. 说话的速度应快慢结合

快，一般用来表达激动等内心感情。快速讲话，能使听者产生亢奋的心理和紧迫感。但速度太快，听话者对你输出的信息接收不迭，无法及时理解，而这就无法明白你要表达的意思。

慢，一般用来表达低落的内心感情时，慢节奏使人容易理解与消化。速度慢也有缺点，一方面浪费时间，另一方面会使对方提不起精神来，还不等听完你的话，就已失去了兴趣。

所以，快慢应恰当使用，做到快中有慢，慢中有快，快而不乱，慢而不拖，张弛有度，抑扬顿挫。

2. 音量要适当控制

说服时不要音量过高，不然会给人一种厌烦的感觉；说服时音量过小也会给人一种压抑，郁闷的感觉。

3. 说话的声音高低要适量

尖锐刺耳的声音，容易刺激神经，使人过于紧张；低沉粗重的声音，容易麻痹人的神经。

4. 说话声音的高低要富于多变性，用热情奔放的声调准确表达你的内心情感

如果声音低沉呆板，对方就会觉得枯燥无味而失去兴趣。

5. 说话的声音应追求优美、悦耳，使对方乐于倾听

避免使用尖细和嘶哑的声音，因为这样会让人感觉厌烦而无法忍受。

总之，干净利落、错落有致的声调是我们着力追求的。它会提高说服语言的准确度和感染力，准确鲜明地表达你的思想感情，提高说服的效果。

归谬说服，让对方认同你

归谬说服指的是不去直接反驳对方的错误观点，而是先假设对方的观点是正确的，然后，据此推论出一个连对方也不得不承认是荒谬的结论来，从而使对方自愿放弃原有的错误观点和主张，自然而然地接受说服者输入的思想信息。

据《史记·滑稽列传》记载：

楚庄王有一匹心爱的马，他用上好的布匹做成衣服给马穿，用珍贵的枣果喂养它，将它放在华丽的屋子里供养，还给马专门做了一张床。结果，这匹马因为吃得太多，反倒死了。楚庄王非常伤心，欲以"棺椁大夫礼"为死马举行丧事。朝臣们都劝他，庄王不但不听，反而生气，下令道："谁敢再来谏我葬马，就处以死罪！"

优孟听知此事，进到大殿上来，仰面大笑，庄王诧异，问他为什么笑，优孟答道："这是大王您最喜爱的马呀！我们楚国乃是堂堂大国，什么排场没有呀，而大王只以区区大夫的丧礼来葬马。实在是太寒酸了！我认为应该以君主的葬礼来安葬它。"

庄王问："那该怎么办呢？"

优孟说："应该用雕玉为棺，用文梓做椁，调动大批士卒修建坟地，征用大批百姓来搬运石土。送葬时，让齐国、赵国的使节站在前面，让韩国、魏国的使节站在两边。还要为它修建庙祠，用太牢之礼祭祀，封给它有万户的城池。这样一来，大家都知道大王您把人看得轻贱，而把马看得很尊贵。"

庄王一听，幡然醒悟，深责自己险些铸成大错，于是，打消了以大夫礼葬马的念头。

庄王葬马，本身就很荒谬，而拒听劝谏，更是蛮横无理。这时候，任何人再一味地正面劝谏，都是不识时务，其后果不堪设想。

优孟的聪明之处在于他没有继续正面直谏，而是采用顺水推舟的方法，把貌似合理的东西极端夸大，顺着庄王错误的思路向前延伸，直到连庄王本人也认识到荒谬的，才心悦诚服地听从劝谏。

运用归谬方法让对方认识到自己的错误，还可采用这样一套方式：先提出一些问题让对方谈自己的见解，哪怕对方说错了，也不要忙着马上指出，而要继续提出补充的问题，诱导对方在错误的前提下得到显然荒谬的结论，使之不得不承认之前的错误，然后，再设法引导他随着你的正确的逻辑思考，一点一点地认同你所主张的观点，达到劝导说服的目的。

巧用暗示，避开正面交锋

暗示说服，是指在不产生对抗情绪和没有对抗条件的情况下，用含蓄的、不做论证的方式，改变人的态度和观点，使之自然而然地接受某些信息或按某些方式去行动。

有意避开正面交锋，不直接进行劝说说服，能使说服对象通过自己的感悟、推理和联想，自觉地放弃旧思想，树立起新的立场、观点和态度。被暗示者的这些变化，看上去好像与说服者无关，但实际上这全是说服者精心筹划、巧妙设计的结果，其中还包含了说服者的聪明与智慧。

当然，暗示法并不适用于所有说服对象，只有对那些反应灵敏、理解能力强的人才能使用此方法，因为这种人思维比较敏捷，在认识事物时往往能够举一反三、触类旁通，善于联想。

所以，使用暗示法，也要视对象而定。如果对方反应迟钝、理解能力差，你所发出的暗示信息，就会像秤砣掉在棉花上——没有回音，做出的行动得不到积极的响应，那么，问题自然也就得不到解决。

暗示说服主要通过言语来实现，被暗示者往往会在交谈中不由自主地领悟和接受了暗示者言语中包含的暗示信息。

影响暗示作用的发挥，除了语言之外还有其他的因素。比如，说服者的行为举止，或者说服者有意布置和创造的特定情境，都可以成为丰富的暗示源。

如果说服者把言语暗示、行为暗示和情境暗示巧妙地融合在一起，彼此相互配合，暗示的就能更加明显，就会取得事半功倍的成效。

　　实践证明，暗示的影响力的大小，往往还取决于暗示者的地位和身份。 暗示者的地位和身份越高，他在受暗示者心目中的威望越高，他暗示产生的影响力就越大。 换句话说，暗示的影响力的大小，离不开人们对暗示源的信服程度。

　　所以，使用暗示说服和使用其他任何说服方法一样，树立说服者的威信，是十分必要的。

现身说服，增强真实感

对于说服对象来说，榜样与具体事例是真实的、可学的，会使他们认识到："他说的都是自己的真事和经验之谈，我应该认真借鉴才是。"这种观念一旦树立，就会产生一种积极地效仿他人的精神需要。

现身说服，感情真挚而发人深省，态度殷切而意味深长，能够拉近主客体之间的心理距离，具有通感性。如果恰当运用，会使说服对象的心灵产生高频率的振动，容易引起双方强烈的情感共鸣，进而实现主客体之间的心理沟通。

在运用现身说服这个方法时，要注意的是说服者所讲的事情必须是自己亲身经历的，并且包含自己真实的切身体验，只有这样才能从中提炼出动人心弦、开人心窍的生活哲理。然后，才能再用这抽象的生活哲理去引导别人，摆脱眼下的困境。

运用现身说服，还要注意一点，即讲述的个人经历，必须要与说服对象目前所处的困境有相同或相似之处，或者在本质上有必然的联系。这样才能使二者具有可比性，前者领悟出来的道理，对后者来说才有价值。否则，对方会认为你述说的经历以及领悟的道理与他没有丝毫联系，那就起不到说服的作用。

当然，运用现身说服，并不需要对自己的经历进行详尽的回顾，最关键的是要把解决类似问题的方法介绍给对方，使之简明扼要地呈现在说服对象面前，这是现身说服的根本环节。紧紧抓住这个环节，之后所进行的说服才会有感召力，才能令人信服。

运用现身方式进行说服，谈的都是说服者自身的经历和体会，其最终目的却是要以此激励和鞭策对方。因而特别要求态度要亲切自然、坦率诚恳，让对方在自觉的比较中产生心灵的共鸣，愉快地接受你的说服。千万不能在对方面前，故意借机炫耀自己的"光荣历史"，给人留下一种自我吹嘘与标榜的坏印象。

如果故意地炫耀自己的功绩和优点，借此来贬低和挖苦对方的缺点和不足，只会引起对方的厌恶，这根本不是在说服对方。

树标说服，引人共鸣

树标说服，就是根据人们善于模仿的心理特点，在说服过程中给对方树立一些鲜明具体、生动、形象的好榜样，从而进行生动形象的感知教育，使说服对象能够比有样板、学有榜样、赶有目标、超有方向。 这比单纯的说服教育更具有感召力，更容易引起对方的感情共鸣，给人以激励和鞭策，激发他们模仿和追赶的愿望。

心理学研究表明，当一个人感知到别人的行为时，就会产生进行同一行为的愿望，这样就产生了模仿。 当看见别人做好事时，自己也会想去尝试，一旦这种从善的心理发展为从善的信念，进而升华为从善的意志，就很容易产生从善的行为。

通常来说，人们并不认为自己的大多数行为是受人指使或受人引导的，因为人们丝毫察觉不到别人的行为对自己造成的影响。

当然，这种善于模仿的特性，决定了人在模仿他人的良好行为时，也容易受到不良行为的感染。 许多年轻人看了暴力电影和淫秽书籍，往往误入迷途，导致犯罪，这就是一个有力的证明。 所以，在说服中有意识地运用心理学中有关模仿的心理特征，采用树立榜样的方法，用典型来做引导，激发说服对象积极的模仿意识，有着十分重要的意义。

树标说服，可以从正反两个方面列举大量古今中外的典型事例，来启发引导和制止约束说服对象的思想行为。 用正面的典型事例，对说服对象的思想行为进行正面积极的诱导。 借反面典型，给说服对象的思想行为以约束和制止。

中国有句古语，叫作"人往高处走，水往低处流"。 一般说来，每个人都希望成为受人尊敬、对社会有益的人，很少有人愿意自甘堕落。因此，在讲正面例子时，要讲得生动形象、鲜明具体，能够扣人心弦，让正面形象深深印刻在说服对象心中，直至征服他。但要注意不能脱离客观事实随意夸张放大。

在讲反面例子给以劝诫时，切忌对恶人恶行津津乐道、叙述详尽。换句话说就是，讲解反面例子宜粗不宜细，不是单纯的侧重于对犯罪行为的描述，而应该侧重于在讲述过程的分析环节，分析要有批判性，态度和观点要鲜明正确，以防产生消极影响。

唤醒说服，激发心理潜意识

人的正确的自我意识并不是与生俱来的。 一方面，人们通过不断地进行实践和学习来获得正确的自我意识；另一方面，则依赖于他人的引导。 这种"引导"其实就是运用心理学上所说"意识唤醒"的方法，促使外因通过内因起作用的过程。 把这种外因作用置于言语交际的方面，实际上是为我们提供了一种新的说服的方法——唤醒说服。

一般说来，运用唤醒说服可从以下几个方面入手：

1. 唤醒年龄的特征意识

人到了某个年龄阶段就该出现相应的心理特征，但有的人却迟迟表现不出来，这时，只要你稍加引导，他就会醒悟，就会发生心理意识的飞跃。

2. 唤醒性别特征意识

不同性别的人具有不同的自我心理意识。 然而，有些人却缺乏这种自我意识。 善于做引导工作的人，就会抓住这个机点，从唤醒对方性别特征意识的角度加以引导，使之产生心理上的飞跃。

3. 唤醒角色心理意识

在社会生活这个大舞台上，每个人都充当着一定的角色。 当人充当着某种角色、角色发生转换或被赋予某种特殊角色时，总是产生特定的角色心理意识。

4.唤醒社会责任意识

社会生活中的每一个人，在享受着各种各样权力的同时也承担着相应的社会责任。有些人意识不到他必须承担的某些社会责任，要进行说服就可以从唤醒对方的社会责任意识入手，通过引导，使之明白自己的社会责任，并担负起应尽的义务。

5.唤醒自我价值意识

每个人都有希望别人尊重自己的言行、自觉维护自身荣誉和社会地位的自我意识倾向，这是一个人对需要实现自我价值的迫切反映。它是一种与自信心、进取心、责任心、荣誉感密切相连的积极的心理品质。

古人云："水激石则鸣，人激志则宏。"善于做说服工作的人，总是能够唤醒对方迫切希望实现自我价值的潜意识和强烈的自尊心，从而将之转化为巨大的精神力量。

综上所述，可以看出，唤醒说服在言语交际中的主要功能是通过语言这个外因激发出对方潜意识中的"良知"，使之认识到自己年龄的、性别的、角色的心理意识特征，意识到自己的社会责任和自我价值，从而促使其通过自我批评、自我监督、自我鼓励、自我修养，不断地自我完善，在认识上达到一个新境界。

总而言之，唤醒说服这种激发心理潜意识的说服艺术，在人的言语交际中，具有很强的实用性。

比喻说服，发人深省

说服的语言，要想既朴实无华，又具有很强的穿透力，使对方乐于聆听并能受到启发，不会感到枯燥、乏味，就应该适当地运用一些生动的比喻。 巧妙地运用比喻，对于提高说服语言的清晰度和准确性，是十分有用的。

比喻，就是用人们已知的东西来解释人们未知东西的一种修辞方法，它能给人提供一种具体可感的形象，从而深化对方对问题的理解。

从古至今，许多思想家、教育家、政治家，在宣扬自己的思想、观点时，都会运用生动形象的比喻。

我们在劝导、说服对方时，可以借鉴前人的经验，灵活地运用生动形象的比喻来说明自己的观点，增强说服语言的趣味性。 一旦对方对我们的说服语言产生了浓厚的兴趣，那么，在这种心理状态下所进行的规劝，必定会在他心中留下深刻的烙印，让其终生铭记。

生动形象的比喻，不仅能使深奥的道理变得浅显、易于被对方接受，而且只要运用得好，还能给对方带来深刻的启发、极大的鼓舞和有力的鞭策。

运用比喻说服，通过以事寓理、形象比喻的方法，能使说服语言显得更加委婉，使说服对象在交谈中不知不觉地领悟到说服者要表达的思想。

英国物理学家罗滋博士说："请记住运用比喻是十分必要的，用比喻来说明事理，不但能让听众更好地明白，而且还能引发他们的兴趣。"

　　当然，比喻也不能滥用。　只有恰当地运用比喻，才能发人深省，耐人寻味，所讲的道理也才能真正让人明白。　如果使用不当，就容易变得华而不实，甚至令人啼笑皆非，产生负面情绪，说服也就达不到理想的效果。

对比说服，一目了然

对比说服，就是指通过真实具体的对比，较好地完成说服的工作。这种方法不落俗套，独具特色，说服的效果也很好。

没有对比，就无法鉴别，对比是"鉴别剂"。在自然界中，高山与低岭，大河与小溪，苍松与劲草，大象与蚂蚁，稍加对比，其大小之别，就清晰可辨。在社会生活中，正义与邪恶，高尚与卑鄙，勇敢与怯懦，慷慨与吝啬，一经对比，其是否之别，则泾渭分明。

实践告诉我们，作为一个说服者，光拥有真理是不够的，还必须掌握宣扬真理、启迪心灵的艺术。巧借对比进行劝导说服，就是这门艺术的一种具体表现手法，也是我们对他人进行思想启迪所必不可少的"制胜武器"。

巧妙地运用对比，能使贪得无厌的人变得心满意足；能使安于现状的人变得积极进取；能使悲观消极的人变得乐观积极；能使盲目自大的人懂得量力而行；能使聪明的人认识到自己的愚蠢；能使弱者发现自己的优点；能使发难者感到理亏。

人与人之间，是通过对比才有了"这一个"与"那一个"之分。每个人都有自己的优劣长短。对比说服，就是根据每个人的不同情况，针对说服对象的思想特点，运用对比方式来说服对方，使之自觉放弃原有的错误观点，改变原有的不科学、不冷静、不实事求是的思维方式，正确地分清是与非、美与丑、善与恶，从而激发其去恶从善、见贤思齐的意识。

否则，会变得牵强附会，大大地削弱对比说服的效果。因此，在运用对比方式进行说服时，一定要注意选准对比的角度，把对比的双方置于平等的地位。只有这样，对比起来，谁高谁低、谁优谁劣、谁是谁非，才能够一目了然。

对比说服，应用也比较广泛，不仅仅局限于将说服对象与其他人进行比较。当说服对象在某事物面前难以抉择时，你也可以运用此方帮他进行判断，实际上是在不劝之中进行说服，在不断之中给予决断。

借物说服，相得益彰

借助于某种事物进行劝导说服的方法，称为借物说服。

它们的关系是：物教引导言教，言教是物教的升华。 物教为言教提供了具体可感的实践根据和物质条件，言教为物教的发展和深化做了抽象的理论概括，是物教内在哲理的进一步升华。 物教是形象化了的言教，言教是抽象化了的物教。

运用借物方式进行说服，一般的过程是：先借物，后说服。 借物的过程，就是确定说服主题思想的过程。 借物的过程一完成，应该立刻顺水推舟的转移到主题上来，使得所借之物的含义与说服的道理融会贯通显得顺理成章。 这样，所借之物才能更好地为说服服务。 否则，所借之物与说服时所表述的思想观点没有丝毫联系，形成了"两张皮"，那就失去了借鉴的价值，甚至有画蛇添足之感。

在所有借物说服的例子中，最典型的要数孟母教子。 早在两千多年前，就为我们树立了"子不学，断机杼"的典范。 她运用借物说服，使得孟轲感悟至深，从此跟随子思，发奋图强，努力学习，终于成了一个大学问家。

孟母断机劝学的故事，千百年来一直被传承下来。 母亲作为孩子人生中的第一任老师，对于孩子的成长，起着巨大的作用。 多少年来，人们在谈论家庭教育，尤其是谈到母教时，都会列举此例，夸赞孟母教子有方。

但是，仁者见仁，智者见智，从思想教育方法论的角度，我们看到的却是孟母高超的说服艺术。 她用借物方式劝导孟子学习，给枯燥抽象的说服教育赋予了易于感知的形象性，加重了说理的分量，使说服对象顺物而明理，受理而感化。这在说服艺术的历史上，真是一个杰出的典范。

借物说服的实践经验告诉我们：借物说服成败的关键，在于能否找到一个可以借以说理之物。孟母说服儿子不要荒废学业，找到了一个能够表达说服思想的"机杼"，因此，才取得了理想的说服效果。孟母借助"断机"，引出"中途辍学，难成有用之才"的说服思想。

这种说服之所以能够成功，就在于说服者巧妙地把"借物"与"说服"两者融为一体，彼此相得益彰，使得借物说理的过程自然过渡，水到渠成。所借之物形象具体，所论之理抽象概括，事物与道理，浑然天成。

因此，在运用借物说服法之前，必须要有充分的准备过程，要从纷繁复杂的现实生活中，选取最能够表达说服思想的事物，将之与自己的说服思想结合起来，使两者天衣无缝，说服时才不留痕迹。

妙用激将，因人而异

激将说服，指的是用反常的说服语言去激励对方，促使其下决心做好我们本来就希望他们做好的事。

实践告诉我们，在做思想工作时，绝对不能只用一种方法模式，应该随着工作对象及其思想的变化而不断变化。有些方法，适用于某人某事，但不一定适用于所有的人和事。对某些人，只要晓之以理，动之以情，耐心相劝，就能打动他，直至说服。

但用同样的方法，另一些人可能就不会接受你的说服，哪怕你磨破嘴皮，他还是一意孤行。但如果你改变方法，突然给他一个强烈的反刺激，说不定能使你的说服得到意想不到的效果。

三国时期，曹操大兵压境，刘备手下缺少良将，急需老将黄忠再次横刀立马，驰骋疆场。老黄忠虽然已经答应领兵抗敌，但诸葛亮对于老黄忠能否成功还是不确定，便故意劝阻黄忠出马，并感叹其年事已高，以此激发黄忠的斗志。

诸葛亮说："老将军虽然英勇，然夏侯渊非张郃可比也。渊深通韬略，善晓兵机，曹操倚之为西凉藩蔽；先曾屯兵长安，拒马孟起，今又屯兵汉中。操不托他人，而独托渊者，以渊有将才也。今将军虽胜张郃，未必能胜夏侯渊。吾欲酌量着一人去荆州，替回关将军来，方可敌之。"

此话显然不是诸葛亮的本意，其目的在于激发起老将黄忠出战取胜的决心。果然如诸葛亮所料，一番话激起了老将黄忠的斗志，他把大刀舞得快似飞轮，并奋然答曰："昔廉颇年八十，尚食斗米，肉十斤，诸侯畏其勇，不敢侵犯赵界，何况黄忠未及七十乎？军师言我老，吾今并不用副将，只带本部兵三千人去，立斩夏侯渊首级，纳于麾下。"

事后，诸葛亮对刘备说："此老将不着言语激他，虽去不能成功。"结果，等到老黄忠挥刀上阵，果然在战场上所向披靡，势如破竹。他先斩两员魏将，后又指挥军队追杀敌人数十里，赢得了"宝刀不老"的夸赞。由此可见，激将说服只要在适时恰当地使用，就会有意想不到的效果。

激将方式的运用，也要因人而异，不可以盲目使用，对任何人都用这一招。一般说来，它对那些争强好胜的人，效果比较明显；而对敏感多疑谨小慎微的人，很容易产生适得其反的效果。他会把说服者的激将之言看成嘲讽和讥笑，自尊心受到极大的损害，导致"心死"。如果这样的话，就背离了我们进行激将说服的初衷。

第六章

会表达，再难的事也能办成

攻心有术，暗示有方

以人们之间的感情为媒介，以对新事物的兴趣、注意力或以列举有关事例为突破口，对其进行"攻心"。

荷兰物理学家彼得·塞曼大学一年级时十分贪玩，被人称为浪荡公子。他的母亲为此很伤心，她劝诫自己的儿子时，并不是单纯地对他进行说教，而是先讲述有关家乡的往事：家乡位于西海岸的一个半岛上，极易被海水淹没。1860年5月24日午夜，家乡又遭到了海啸的侵袭，一个孕妇在孤舟上漂流了几天几夜，幸亏乡民救助，母子二人才得以平安无事。接着，母亲不无悲哀地说："早知塞曼是个平庸的人，我当初就不必在海浪中拼搏努力了。"塞曼听完母亲的话，羞愧万分。从此，他刻苦学习，最终荣获了诺贝尔物理学奖。

用"是"说话，用心诱导

在某汽车公司工作的小芳连续三次被评为"金牌"业务人员，她是如何做到的呢？ 我们先来看一段她与顾客的对话。

小芳：请问你想买多大吨位的车？

顾客：很难说，大致两吨吧！

小芳：不太确定，对吗？

顾客：是这样。

小芳：选择卡车的型号主要取决于两个方面，一方面要看你运什么货，另一方面要看你在什么路上行驶，你说对吗？

顾客：对，不过……

小芳：假如你在丘陵地区行驶，加上冬季持续时间较长，这时汽车的发动机和车身所承受的压力是不是比正常情况下要大些呢？

顾客：是这样的。

小芳：你们冬天出的车比夏天多吧？

顾客：没错，多多了，夏天生意不行。

小芳：有时候货物太多，又在冬天的丘陵地区行驶，汽车是不是总处于超重状态？

顾客：对，那是事实。

小芳：从长远眼光看，选择车型主要取决于什么？

顾客：你的意思是……

小芳：从长远眼光看，你怎样判断一辆车买得值不值呢？

顾客：当然要看车的使用寿命。

小芳：一辆总是超负荷和一辆从不超载的车，你觉得哪一辆寿命更长些呢?

顾客:当然是马力大、载重多的那辆。

小芳:所以,我觉得一辆载重4吨的车可能对你来说更划算。

顾客表示赞同。

小芳就是在平淡无奇的谈话中,设法让顾客跟着她的思路走,以达到她的目的。

我们在求人特别是求陌生人时,对方能不能全力帮助你把事情办成,关键是什么? 就在于你能否让对方跟着你的思路走。 这种行为就是"诱导"。

迎合有道，投其所好

每个人都渴望被他人理解，若与被求之人有了情感共鸣，满足了他"被人理解"的心情，就会拉近彼此的心灵距离，对方也就乐于帮忙了。所以，在交谈中，要想说服对方，就应该投其所好。这样你的话才能在对方心中产生作用。

有一次，美国黑人出版家约翰逊想让真尼斯无线电公司在其杂志上刊登广告，当时真尼斯公司的领导是麦克唐纳，他既聪明又能干。约翰逊写信给他，要求和他面谈真尼斯公司广告在黑人社区中的利害关系。麦克唐纳马上回信说："来函收悉，但不能与你见面，因为我不负责言行方面的事。"

约翰逊不愿让麦克唐纳用这种方式来避开他，他拒绝投降。因为答案是再清楚不过的：麦克唐纳管的是政策，相信也包括广告政策。约翰逊再次给他写信，要求见面，交谈一下关于在黑人社区所执行的广告政策。

"你真是个固执的年轻人，我将接见你。但是，如果你要谈在你的刊物上安排广告的话，我就立刻拒绝见面。"麦克唐纳回信说。

这样，一个新问题就出现了：他们该谈什么呢？

约翰逊翻阅美国名人录，发现麦克唐纳是一位探险家，在亨生和皮里准将北极探险的后几年，他去过北极。亨生是个黑人，曾经将他的经验写成书。

这对约翰逊来说是个机会。他让公司在纽约的编辑去找亨生，求他在自己所写的书上签名，好送给麦克唐纳。约翰逊还想起亨生的事迹可以作为故事的题材，这样他就从未出版的七月号月刊中抽掉一篇文章，改登一篇文章来介绍亨生。

约翰逊刚步入办公室，麦克唐纳第一句话就说："看见那边那双雪鞋没有？那是亨生给我的，我把他当作朋友。你熟悉他写的那本书吗？"

"熟悉。刚好我这儿有一本，他还特地在书上为您签了名。"

麦克唐纳翻了翻那本书，然后用挑战的口吻说："你出版了一份黑人杂志。依我看，这份杂志中应该有一篇介绍亨生的文章。"

约翰逊表示同意他的意见，并将一本七月号的杂志递给他。他翻阅那本杂志，并点头赞许。

"你知道，我们有很多理由在这份杂志上刊登广告。"麦克唐纳说。

生活中，我们都要跟陌生人打交道。如果你能够通过仔细观察和揣摩发现对方的独特之处，就可以找到一些可以交流的话题。

有一次，著名相声演员马季到山东烟台市演出，几家新闻单位的记者纷纷前来采访，不料，马季先生一一婉言谢绝，这使记者们十分失望。这时，一位记者再次叩响了马季的房门，说："马季先生，我是一个相声迷，我对现在的相声表演有一些自己的看法……"马季先生一听，便十分热情地接待了他。这位记者正是用他和对方对相声的共同爱好做文章，巧妙地打开了马季先生的"话匣子"，顺利完成了采访任务。

善于吹捧，搔到痒处

求人办事时，为了拉近彼此的心理距离，更为了能办成事，我们不妨"捧"他几下。所谓"捧"，并不是"瞎捧"，也不是"乱捧"，而要因人而捧，因为每个人各有所短，也各有所长。

战国时期，韩国给大臣段乔 25 天的时间，让他负责修筑新城的城墙。有一个县拖延了两天，段乔就逮捕了这个县的主管，将其囚禁起来。为了救出父亲，这个官员的儿子找到管理疆界的官员子高，让子高去替父亲求情。子高答应了。

一天，见了段乔后，子高并没有直接要求段乔放人，而是和段乔共同登上城墙，故意左右张望，然后说："这墙修得太漂亮了，真是了不起。功劳这样大，并且整个工程结束后又未曾处罚过一个人，真让人佩服啊。不过，我听说大人将一个县里主管工程的官员抓来审查，我看大可不必。整个工程修建得这样好，出现一点小问题又没什么，何必为一点小事影响您的功劳呢？"

段乔见子高如此评价他的工作，心中甚是高兴，又觉得子高的说法也合情合理，于是便把那个官员放了。

那个官员被放出来的原因就在于子高的求情。子高把一顶高帽子给段乔戴上，然后就事论题，深得要领，让人大声叫好。其实，一般人都存在顺承心理和斥异心理，容易接受那些合自己心意的东西。因此，顺应事物的发展规律，巧言游说，便容易成功。

有个公司的总经理结合自己的工作实践撰写了一本《经商之道》的书稿，部门经理称赞道："你真不该选择在企业工作，如果你专门研究经营管理，相信你一定会成为商务管理专家。"

总经理听完部门经理一席话，不满地说："你是指我不能胜任现在的工作，只有另谋他职了？"见总经理产生了误解，本来想给总经理"戴高帽"的部门经理吓得头冒虚汗，连忙解释说："不，不，不，我不是这个意思，我是说……"

还是秘书过来替部门经理打了个圆场，说道："部门经理是想说您多才多艺，不仅本职工作抓得好，其他方面也非常出色。"

可见，同是"捧"一个人、"捧"一件事，不同的表达方法就会产生极为不同的结果。

"捧"不等于奉承，不等于谄媚。人通常都只看到别人的短处，看不见别人的长处，且把短处看得很重要，把长处看得很平凡，所以，往往会有"欲捧而已无可捧"之感。其实只要你能明白"人无完人"的道理，原谅他的短处，看重他的长处，可捧的地方多着呢！所以，要说服别人，就得找到可捧点，把他吹捧上天，从而达到你的目的。

先替对方着想

最会说话的人，通常是说了让对方感兴趣的话的人；最会办事的人，通常是做了让对方感激和感动的事的人。

求人办事也是如此，只有从关怀对方的角度出发，才能赢得对方的帮助。

日本麦当劳大王藤田曾接到一个来自美国的陌生电话："如果您能采用一个我们发明的游戏，它可以在一年内让您的销售业绩提升16%，我们的收费是10万美金。如果您有兴趣，我们可以专程飞往日本给您解释。"后来，藤田采纳了这个建议。

有一份广告上面写着这样一小段话："别人比你成功十倍、收入多至万倍的原因是什么，你知道吗？难道是他们比你聪明一万倍，运气好一万倍吗？显然不是。那么，你想知道真正的原因吗？你想不想自己也可以做到？"当看到这段话，你是不是也被吸引了？因为对方抓住了你的需求。

如果你希望自己说出的话能产生价值，那么，你就需要记住一条广泛适用于很多领域的定律，这就是"黄金定律"。其内容是：你想让别人如何对待你，首先，你就得如何对待别人。只有先替别人着想，你才能达到自己的目的。

在英国，某家皮鞋厂的一位推销员曾多次拜访伦敦的一家皮鞋店，但每次都被老板拒绝了。

这天，他怀揣着一份报纸再次来到了这家鞋店，报纸上刊登着一则关于变更鞋业税收管理办法的消息。推销员认为这则消息会帮助店家省下很多花费，因此就希望带给皮鞋店老板，让他看看。

当他来到鞋店前时，就大声地对鞋店的一位售货员说："请您转告您的老板，我有一个办法，不但可以让他大大减少订货费用，还可以本利双收赚大钱呢。"

很快，老板就接见了他。

当你能够为顾客提出有价值的信息时，顾客不可能不为你的生意着想。当你不仅仅是推销员，还是对方的顾问时，他们获得了由你提供的可靠消息后，肯定不会不管你的生意。

所以说，在求人时，你为对方着想，对方才会为你着想。

几年前，美国著名的推销员乔治·赫伯特成功地把一把斧头推销给了时任美国总统的小布什。为此，他得到了由世界著名的推销会——布鲁金斯学会颁发的刻着"最伟大推销员"字样的金靴子作为奖励。

美国总统比尔·克林顿当政时期，他们布鲁金斯学会出的难题是"谁能把一条内裤推销给克林顿先生"，当时，没有人完成。当他们又出"谁能把一把斧头推销给小布什先生"这个难题之后，很多人都以为没人能做到之时，乔治·赫伯特做到了。

为什么乔治·赫伯特能够做到呢？大部分人都认为他有足够的自信。是的，如果没有足够的信心，谁能勇敢地把斧头卖给总统呢？但是，小布什为什么能够接受这把斧头呢？重要的是，乔治·赫伯特能站在小布什需要的角度，真诚地打动了他的心。

当所有人都认为这件事不可能时，乔治·赫伯特却认为：把一把斧头卖给小布什总统是完全有可能的，因为他在德克萨斯州有一座农场，那里长着很多树。于是，乔治·赫伯特便给他写了一封信。

乔治·赫伯特在信中写道："尊敬的先生，我曾经有幸参观过您的农场，发现那里长着许多矢菊树，有些已经死掉，木质也变得松软了。我想，您一定需要一把小斧子。不过，从您现在的体质来看，很明显市面上的小斧子不太适合您，因为您需要一把不怎么锋利的老斧头。现在，我这里正好有一把这样的斧头，是我爷爷留下来的，用来砍伐枯树非常合适，价格只要 15 美元即可。如果您有兴趣，请予以回复……"

很快，小布什总统就给乔治·赫伯特汇来了 15 美元。

很多时候，当你想让对方按照你所想的方向走时，最好还是用关怀的观念，从替对方着想的角度出发。

有这样一个故事：

某文艺编辑邀一位名作家写稿，但这位作家，各报社的编辑都对他大伤脑筋。所以，这个编辑在见面之前也非常紧张。

果然不出所料，刚开始时，他们各说各的，怎么都不能合在一起。闹得编辑很是头痛，只好决定下次再来。

这一次，编辑把有关那位作家近况的报道搬了出来，对他说："您的大作最近要翻译成英文，在美国出版了。"作家见对方这般关心自己，就很感兴趣地听下去。编辑又说："但英文能否表现出您的风格？"作家说："就是这点令我担心……"他们就在这种融洽气氛中继续谈了下去。本来已经不抱希望的编辑，此时又恢复了自信，获得了作家答应写稿的允诺。

在生活中，没有人会喜欢别人在谈话时只谈自己，而不关心对方。

一般而言，在求人办事的过程中，求人者是不受欢迎的。那么，怎样才能消除隔阂、沟通关系呢？那就是先替对方着想，使求人的过程变成寻求共同利益的过程，肯定能收到良好的效果。

用"奉承话"求人

生活中，如遇见难以克服的困难，常常会求助于亲朋好友。然而，求助的结果往往大不相同：有的人用词得当，说得被求助者心情愉快，使其愿意提供真心实意地帮助；而有的人因为谈吐不当，弄得被求助者心急气恼，求助者不仅得不到帮助，反而有时还会伤了和气。由此可见，求人也是有学问的。

柯南道尔几乎不给别人签名留念。

有一次，他收到一封从巴西寄来的信，信中说：

"我很渴望能够有一张附您亲笔签名的照片，然后，我将它放在我的房间里。这样的话，我不仅天天可以看见您，而且我坚信若有贼进来，一看到您的照片，一定会被吓跑。"

收到信的当天，柯南道尔就很爽快地给对方寄去了一张亲笔签名的照片。

吹喇叭得吹到点上。求人办事也一定要在小处着眼、虚处做功，挖空心思迎合所求之人。因此，只有说到对方心里去，对方才能心情舒畅，通身舒坦，所求之事也就好办多了。

生活中，要想让自尊心特强的人帮忙做事是非常困难的。要这种人主动地帮忙，必须针对他的自尊心，强调其能力，满足其优越感，这时候，他必会为你好好地努力一番。

在请求他人答应自己的要求时，应强调他在任何方面都比别人强，唯有他才能胜任。最重要的是让他觉得你不是随便选他帮忙的，所以，一开始便要说："我认为只有你才能办到。"或以无限信任的口吻说："只有你才有这个能力。"并做出"除你之外不做第二人选"的结论，那么他肯定会答应你的。

　　总之，求人办事时不妨多恭维他几句，这样既简单又能解决你的问题，何乐而不为！

　　生活中，朋友的鼎力支持和真诚赞美会让你觉得很舒服。 但要记住的是：你的话必须由衷而诚实。 如果得不到回应，这就表示朋友认为你的话不够真实，如果让对方觉察你的奉承别有用心，那么你给他的奉承就毫无价值了。

　　要有效地使用真诚的"奉承"，就得学会如何不着痕迹地"奉承"，千万不要在"奉承"中包含埋怨或其他的暗示性字眼。 例如，你常常让你的某个朋友帮你做件事，但他老是忘记。 有一天你终于发现他将这件事做好了，于是你说："很高兴，你终于做好了，真不容易啊。"这种做法就如同你给小孩一块糖又把它拿回去一样，还不如开始就不给。 因此，真诚的"奉承"必须是单纯的，就事论事，更重要的是要说到对方的心里。 如此一来，对方也就会答应你所求之事了。

说话"诚恳"，求人不难

生活中，任何人都离不开他人的合作与支持。因此，与他人建立愉快的合作关系是非常重要的，而求人办事的关键就是学会如何谈话。

上级给某机关分配了一些植树任务，机关几十名同志都主动承担一些任务，唯有几位"老调皮"，无论主任如何动员，他们还是不愿意承担任务，搞得主任非常难堪。

下班后，主任把这几位"老调皮"叫到办公室，轻声地说："我遇到一件很为难的事，想请你们帮个忙。"奇怪的是，听了这句充满人情味的话后，那几个"老调皮"竟纷纷表示："主任，我们不会让你为难了！"

一句充满人情味的请求话，比通篇大道理更有说服力。主任用请求的话打动了他们，让他们觉得：主任看得起咱，咱必须得给主任办好。

可见，求人办事时，说话态度一定要诚恳，要动之以情，晓之以义，要将事情说得清清楚楚，要说明为什么找他帮忙。总之，要让别人了解得十分清楚，知根知底。你的说话态度越诚恳，对方越不会拒绝你。另外，托别人办的事一般还应有一个明确的目标，这样，别人才能有的放矢。不要求别人办一些目的不明确、十分笼统的事，而应该求人办一些既容易办又有明确目标、能够实现显著效果的事，这样不仅容易让他答应你，还有利于你向他致谢。

真诚的要求是不说谎，不欺骗对方，但在复杂的社会活动中，要注意区分目的和手段。医生为了减轻病人的痛苦，往往向病人隐瞒病情，编造一套"谎话"给病人，这样才能使病人早日康复。 这不是虚伪，而是更高、更深层的真诚，是出于高度的社会责任感的真诚。 只有各方面的素质达到高度统一的人，才能表现出这种深层次的真诚。 而情与义就是一种真诚，求人办事时，说话更需要真诚！

请人帮忙时，应当带着深情厚谊的诚恳态度。 对别人提出任何请求，都应当"请"字当头，即使是在自己家里，也是如此。 向别人提出较重大的请求时，应当注意时机。 比如，对方正在聚精会神地思考问题或操作实验，或对方正遇到麻烦或心情比较沉重时，最好不要去打扰他。 如果别人拒绝了你的请求，也应当表示理解，不能强人所难，不能让人觉得自己无礼。

另外，还要端正态度，注意语气，请求时既不能低声下气，又不能态度傲慢，非要别人答应不可，应当用诚恳、协商的语气。如，"劳驾，我过一下，行吗？""对不起，请别抽烟，好吗？""什么时候打打球，怎么样？"同时，还要站在对方的角度说话，如："我知道这事对你来说不好办，但我别无他法了。"

当别人由于一些客观原因不能答应你的请求时，你也不能抱怨、愤怒甚至是恶语相对，还得礼貌道谢："谢谢你！""没关系，我可以找别人。""没事，你忙你的吧！"这样，对方心里会内疚，以后你再找他帮忙时，他就肯定会不遗余力地帮你。 如果你不能体谅对方，甚至对他加以抱怨，就等于堵死了再次请他帮忙的通路。

求人办事，最能体现一个人的表达能力，尤其是语言表达能力。口才出色的人，三言两语便能收到水到渠成之效；而言语木讷的人，吞吞吐吐半天也难以打开公关之门。 可以说，求人办事的成败在一定程度上取决于一个人的语言能力，好口才是求人办事的法宝。

法国 19 世纪的作家左拉，其处女作《给妮侬的故事》发表时，颇有一番波折。 左拉捧着一叠书稿先后光顾了三家出版商，向他们"推销"自己的作品，但都没有成功。 于是，左拉又去找第四家出版商。

左拉来到出版商拉克鲁瓦的办公室外面，他有些退却，担心再次遭拒绝，但是为了维护自己的自尊，他一定要进去，他相信一定有人能赏识他的才华，于是他采取了果敢的行动。

左拉敲了拉克鲁瓦的办公室门，只听里边说："请进。"

左拉走进了拉克鲁瓦的办公室，拉克鲁瓦抬起头看着手捧一沓书稿的年轻人，上面写着"给妮侬的故事"，于是他问："你是要出书吗？"

左拉脱口而出："已经有三家出版商拒绝接受这部书稿，您是第四家出版商。"

拉克鲁瓦愣住了，从没有一个作家会说出这样的话，如果这样，书稿肯定出版不了。 可是，这个毛头小子居然这么说了。

不过，左拉随后又补充了一句："但我相信我很有才华，这本书完全可以体现出来。"拉克鲁瓦为左拉的坦率所感动，心想他不会是在吹牛吧？ 那就先看看他写得到底怎样……

拉克鲁瓦发现左拉的确很有才华，而且谦虚、坦率，便决定为他出版《给妮侬的故事》这本书，并与左拉签订了长期的出版合同。

左拉很坦率地告诉拉克鲁瓦自己碰过壁，然后又强调自己很有才华，他的话打动了拉克鲁瓦，才使他成功地出版了《给妮侬的故事》。

人们常说："在家靠父母，出门靠朋友。"一个人一旦踏上社会，走上社会，都需要他人的帮助。 无论何时都要切记：说话要诚恳，这样做别人才更容易帮你办事。

"攀高枝儿"求助贵人

现在，各领域都广泛运用借贵人之力这种手段。在人际交往中也不例外，人们常常把它当成一种提高自身形象的策略和技巧。你可以巧借名人，如果你在谈话中说到一些有身份人的名字，你在别人眼里就不同寻常；巧借名地，如在谈话中提到名人常去的地方，这也可以作为提高你的身份及能力的资本；巧借名言，如请社会名流为你题个词，请专家教授为你写的书作个序，等等。这些做法虽然有沽名钓誉之嫌，但这只是东方人"不为天下先"的老眼光，不算有失公道。被社会承认是人的正当追求，而借助名人提高自己的社会知名度，就是被社会所承认的方式之一。同样，求人办事也可以这样。

清朝的官员选拔一般都要靠走后门，求人写推荐信。军机大臣左宗棠从来不给人写推荐信，他说："是金子总会发光的。"左宗棠有个知己好友的儿子，名叫黄兰阶，在福建候补知县多年也没候到实缺。他见别人都有大官写推荐信，想到父亲曾是左宗棠的知己，就跑到北京去找左宗棠。左宗棠对黄兰阶十分客气，但当黄兰阶提出想让他写推荐信给福建总督时，他马上就变了脸，几句话就将黄兰阶打发走了。

黄兰阶又气又恨地离开左相府，闲踱到琉璃厂看书画散心。忽然，他见到一个小店老板学写左宗棠的字体，十分逼真，于是想出了一个好办法。他让店主写柄扇子，落了款，得意扬扬地摇回福州。

在参见总督那天，黄兰阶手摇纸扇径直走到总督堂上，总督奇怪地问："外面很热吗？都立秋了，老兄为什么还拿扇子摇个不停？"

黄兰阶把扇子一晃："实话跟您说，外边天气没有那么热，只是我这柄扇是我此次进京左宗棠大人亲送的，所以，舍不得放手。"

总督大吃一惊，心想：我以为他没有靠山，所以，候补几年也没任命他实缺，不想他却有这么个大后台。左宗棠天天跟皇上见面，要是他在面前说一点我的不是，我可吃不住。总督仔细地看了看黄兰阶的扇子，确系左宗棠笔迹。他将扇子还给黄兰阶，闷闷不乐地回到后堂，立刻找师爷商议此事。第二天黄兰阶就当上了知县。

几年后，黄兰阶就官拜四品道台。总督一次进京见了左宗棠，讨好地说："宗棠大人故友之子黄兰阶，现在已在敝省当了道台。"

左宗棠笑道："是吗？那次他来京找我，我就对他说：'一个人只要有本事，肯定会被任用的。'看来老兄很识人才呀！"

黄兰阶能够官拜道台，是借助左宗棠这个人的力量，让总督这个小贵人给他升了官，实在是棋高一招的鬼点子。更为巧妙的是，黄兰阶仅仅说出自己的"后台"，并未说明自己的目的，就轻而易举地达到了自己的目的。

沾"亲"带"故"求贵人即是与贵人攀关系，让别人看在贵人的面子上答应帮你，这是一种比较容易达到目的的方法。但在与贵人攀亲托熟之前，要弄清楚以下几方面：

1. 先了解对方的关系网，做好外围工作

要对对方的身世和社会关系网做个事先的了解。要想与他人攀附关系，就得掌握他的身世和社会关系网，包括他的同乡关系、亲属关系、朋友关系、同学关系、上下级关系等等。掌握了这些关系之后，如果不便与对方直接建立关系，则可走曲线、另辟蹊径，想办法与他社会关系网中的一两位先搞好关系。这样，在必要时，便可以借助这些关系的力量拿住对方的面子，使对方碍于情面，不能拒绝。

2. 攀关系要委婉自然，牵动旧情

拉关系不是让你胡乱认亲，本来没有亲戚关系，偏偏七拐八绕，硬说有亲戚关系；或者本来与对方的某位朋友无甚关联，偏偏鼓吹自己与人家情深义重，如此极易引起对方的厌恶。所以，与人家拉关系要让人家感到虽是不经意地提起，却一语中的，牵动着对方的旧情，甚至让其缅怀旧事。如果你能做到这份上，那么还愁对方对你托办的事情袖手旁观吗？

3. 攀附关系要注意场合

不要在公众场合与别人攀谈关系，因为绝大多数人是不情愿公开自己的身世和社会关系的。非但如此，对方可能还会觉得你太多事，而旁观者更认为你是在有意巴结人家。所以，在公众场合攀谈关系对人对己都是不利的。与人家拉关系最好是在对方闲余的时候，或者在对方情绪好而且具有拉关系由头的时候，在类似这样的时间和场合与对方拉关系最容易切中对方的心。

弄清楚这些问题后，在求贵人办事时，就能够与他们拉上关系，那么，你的事自然就好办了。

迂回诱导，以话套话

弗利特曼和弗利哲是美国斯坦福大学的两位教授，他们曾对一位家庭主妇巴特太太做了一个有趣的实验，他们打了个电话给她："这儿是加州消费者联谊会，为了了解消费者的一些具体情况，我们想请教几个关于家庭用品的问题。"

"好吧，请问吧！"

于是，他们提出了一两个府上使用哪一种肥皂这样的简单问题。当然，不仅仅是巴特太太接到了这个电话。

过了几天，他们又打来电话了：

"对不起，又打扰你了，现在为了扩大调查，这两天将有五六位调查员到府上当面请教，希望你多多支持这件事。"

这实在是件不好办的事儿，但巴特太太居然也同意了，这是什么原因呢？原因是有了第一个电话的铺路。相反地，那些没有接到第一个电话的人却拒绝了他们。最后得出结论，前一种答应他们的占 52.8%，后一种只有 22.2%。

因此，委托别人时，应由小到大、由微而著、由浅及深、由轻加重，如果一开始就有太大的请求，对方肯定会断然拒绝。

所以，求人办事时要迂回诱导。

第七章

会表达，就能与上司得体交流

跟上司说话要注意分寸

在职场上，身为下属，一定要想办法与上司处理好关系，而处理好关系的主要武器便是说话有分寸。一定不可信口开河，贸然出言，否则一语失当，悔之晚矣！

唐代的魏徵向来被唐太宗所重用，唐太宗却因为面子的事想杀掉魏徵。

一次上朝，当着朝臣之面，魏徵直谏一事，顶得唐太宗面红耳赤，大丢脸面。但唐太宗还算是一个开明有作为的皇帝，想到自己曾让大臣"事有得失，毋惜尽言"，所以不好当堂发作。但下朝之后，却是恼怒地喊道："总有一天我要杀死这个乡巴佬！"皇后问他要杀谁，太宗说："魏徵经常当庭羞辱我。"皇后闻言心中大惊，她明白太宗的脾性，说不定真能找机会把这个贤臣杀死。于是急中生智，立刻恭喜皇上拥有如此忠臣，使唐太宗突然醒悟，才免了魏徵死罪。

试想，若唐太宗并没有这么英明，并没有这么大的胸怀和气度；如果皇后没有想出一个好办法替魏徵求情，魏徵的脑袋岂不早就掉了！

这其中的经验与教训必为下属三思，引以为戒。

虽然我们主张对上司不要一味地采取"叩头"的政策，但对上司跟对一般同事是不同的。况且一般同事之间也应当把握分寸，不能太无所顾忌。对于上司，则应该更为注意。平时说话交谈之中，汇报境况的时候，都要多加小心。下面就是一些应该避免在上司面前说的话：

1. 对上司说"您辛苦了"

说"您辛苦了"这句话，本来应该是上司对于下属表达关心或犒赏时说的，如今反过来倒由下级对上级说，似乎不大妙。

2. "我想这事很难办"

上司分配工作任务下来，下属却说"不好办""很困难"，这样会使上司很没面子，一方面显得自身在推脱责任，另一方面也显得上司没远见，让上司颜面上过不去。

3. 对上司的问题回答说"随便，都可以"

以"随便，都可以"来回答上司时，上司会认为他的下属感情冷淡，不懂礼貌，对说这句话的人，自然就看低了。

4. 对上司说"这事你不知道"或"那事我知道"

"这件事你不知道"或"这事你不懂"，如此说，不要说对上司，哪怕对熟知的朋友也会造成不经意间的伤害。对上司说这样的话，特别不敬。

5. 不轻易说"太晚了"

这句话的意思是认为上司动作太慢，导致误事了。在上司听来，一定认为你是在责备他。

6. 对上司说"不行是不是？没关系"

这话明显是对上司的不尊重，没有敬意。退一步来说，也是说话不讲方式方法，说出不恰当的话。

7. 接受上司交代的任务时说"好啊""可以啊"

"好啊""可以啊"在语言含义上含有批准、首肯的意思，常用在上司通过对下属的审核态度时所说。得体的说法应该是"是""知道"，表达"承受命令"的意味，这用在下属承领上司的命令时说就比较合适。

接受上司指示时的注意事项

和上司之间的关系怎样，取决于工作表现与情况交流。工作表现平淡而又不善于沟通，想和上司建立起良好的关系是不可能的。所以，能准确明白上司的指令、命令是与上司建立起良好的人际关系，赢得上司信任的基本条件。

1. 精神饱满，爽快利落

当我们被上司喊来接受指令时，痛快而精神饱满地回答"是"是很重要的。这一点说起来容易，但做起来不简单，很少有人能真正做到这一点。

即便你自己正忙着工作，在上司叫你时，你也要快速站起来回复："是！"这样一来，上司会觉得你工作很积极，非常爽快利落，因此信任你。

要明白，若上司对你不信任，而是觉得把工作给你很不放心，那对你的前途极为不好。因为对你没有信任感也就不会看重你、提拔你。

2. 把指示和命令听完，不要轻易打断

上司在交代工作时已经提前想好了交代的顺序，所以，假如你在上司交代的过程中突然打断他，提出自己的疑问，很容易打断上司的思绪，忘记讲到哪儿了。这时，上司不仅会感到尴尬，还会很生气。因此，在接受指示或命令时要先把上司的话听完，接着再提出疑问或提出自身的看法。这样做是很有必要的。

3. 清楚地表示自己已经明白指令内容

上司会从你的表情、动作来推断你是否清楚、明白了他的目的。于是，在上司交代工作时，你要用点头的动作来表明你已经清楚、明白了工作的内容。然而当你不点头时，上司也就知道你这个地方不太懂，需要再次说明一下。

4. 如果无法接受，要恰当地说明原因

也许你经常会遇到自己正忙着一份工作，上司给你另一种工作的情况。这时，对上司的指示或命令就并非一定能够接受了。因为你正在忙着的工作需要在规定时期内完成，所以，如果你接受了另一份工作，以前的工作就无法在规定期限内完成了，反而会为自己和公司带来麻烦。

此时，必须确切地说出你不能接受的理由。而不能只是简单地说："不行啊！"而应该先说声："实在对不起……"接着陈述拒绝的缘由。

上司认为你可以把这份工作做好，才把工作交给你。你如果仅仅说"不行"的话，上司会很生气的。因此，你要说："我正在从事另一项工作……"或"这项工作也很急……"然后你把自己正在做的工作的内容详细解释一下，然后等待上司的指示，因为你自己是没有权利决定的。

上司在听完你的话之后会做出指示说"先做完手头工作，再做这份新工作吧"或"你目前做的工作比这个重要，先把你手上的工作做完再做这个也可以"，此时，你要听从上司的决定。

5. 别忘了委婉地阐述自己的意见

若你对上司的指示或命令有个人的看法或有更好的办法时，坦

白地阐述自己的意见很重要。 但你也别忘了，必须注意说话的技巧，要婉转地提出自己的意见，如："经理，您的想法我能了解，但我认为这样做可能会好一点。"

　　当然，能说出自己具体的建议和根据是最好的。 因为，对上司的指令可以说出自己独特的意见，这在一定程度上是你工作能力的体现。 如果是有的放矢的意见，那上司一般会很高兴，也能够接受你的建议。

怎样让上司同意你的观点

一般来说，下属不应与上司争辩，但为了公司的利益，也为了让上司和自己能更好地工作，有时在与领导的意见不同时，则有必要把自己的观点表达出来。但是，如果与你的上司进行争辩，要想让上司赞同自己的想法，则有必要掌握以下的原则和沟通方法。

1. 心平气和

心理专家史密斯是特地教人如何去争取晋级资本的，他如此说："如果你气势汹汹，只会使你的上司也大发雷霆，所以，首先要做到心态平和。"

另外，不要一次发泄所有不满。3M 文具公司董事长韦斯利说："若一个雇员看上去对公司的一切都消极不满，那上司就会认为，要叫他满意是十分困难的，甚至认为，他也许该另找乐园。"

2. 看准时机

在向上司提出不同意见之前，可以先向他的秘书打听一下他的心情怎样。如果他心情不佳，就不该再提要求。

如：上司公务繁忙时，不要找他；午饭时间已到，他却依旧在忙碌之中时，不要找他；休假前夕或度假刚返回时，不要找他。

3. 设身处地

"要想成功地与上司交谈，理解他的工作目标和其中的苦衷是极为重要的。"一位人力资源顾问说，"假如你能把自己看作上司的伙伴，设身处地替他想一想，那么，他也会自然而然地思考你的观点。"

商学教授罗伯特曾引用过某电影公司一位程序设计员和他上司进行争吵的故事。那时，为了一个软件的价值问题，双方争论得僵持不下。罗伯特说："我建议他们交换一下角色，以对方的立场再进行争辩。五分钟之后，他们就明白了自己可笑的行为，两个人都不禁大笑起来，接着，他们很快找出了解决的办法。"

4. 说清问题

有些激烈争吵的发生，是因为雇主和下属双方都不了解对方心里在想些什么。演讲顾问威德说："有时，问题一旦讲清楚，争执也就自然没有了。因此，雇员一定要把自己的观点讲得简单明了，以便上司能够理解。"

克莱尔在纽约市财政局局长手下办事多年，两人就很少争执。但是，当她认为重要的事情遭到局长否定时，她就把自己的观点写在纸条上，请上司思考。她说："这种行为，有助于说明问题，并且也很有效。"

5. 提出建议

纽约大学医学中心的精神病学副教授诺曼说："你的上司要关注的事情已经很多了，所以，若你不能想出行之有效的解决办法，至少，你也得提出处理问题的提议。"

与多疑的上司相处的艺术

与猜忌、多疑的领导相处，是一门非常深的学问，讲话尤其要注意拿捏好分寸，否则会造成不必要的误解和麻烦。

1. 曲直相宜不可直言

在猜忌、多疑的上司面前说话时，特别要注意拿捏好分寸，因为一句不经意的直话，很可能就会引起上司的猜疑。

某工厂刚来一个大学生，被分派到车间，在与车间主任的一次交谈中他说："大学期间曾到一个单位实习，该单位技术力量严重缺乏，只有几个工农兵大学生聊以充数。"哪料说者无心，听者有意，该车间主任恰巧是一个工农兵大学生，而且心胸很狭隘，最忌讳别人提到工农兵大学生水平低的话题。因此，他就怀疑这个大学生是暗有所指，所以就怀恨在心，在今后的分工种、定指标、提职晋级等方面都给予了额外的"照顾"，但是这个大学生却一直被蒙在鼓里。

此外，与猜忌、多疑的上司谈话不能太直，太直就会让对方产生疑心。可是，话说得太含糊也不行，有时转弯抹角也会导致上司对你产生一种油嘴滑舌、不诚实的感觉。由此看来，和这种上司说话需要曲直相宜，该曲则曲，当直则直。要做到这一点，一定要下功夫了解你的上司，特别是对上司的经历、性格、兴趣、爱好、工作方式、情感特点等都要详细了解，以免在谈话时触到上司的某个痛处，造成"祸从口出"的悲剧。

2. 坚决执行、不可拖延

作为一个下级，在接受上司交代的工作时，如果拖拖拉拉，迟迟未果，上司就会怀疑你的工作能力和办事效率。尤其是猜忌、多疑的上司，不但要对你的能力产生怀疑，还会联想到其他方面去。如果你接受任务后没有马上行动，他会怀疑你是在故意掂量他的轻重或者故意同他"较劲"。

3. 信守诺言不可违约

守信是传统的做人原则之一，人与人相处最忌讳言而无信，在猜忌、多疑的领导面前更应该如此。大多猜忌、多疑的人都心胸狭窄，并且固执己见，一旦在如此的上司面前失了信，违了约，就算不是故意的，要想恢复也是非常困难的。所以，在与这样的上司交往时，许诺的事情一定要想方设法实现，没有把握的事情宁愿不说。切不能答应了上司，转身又置于脑后。否则，上司就会怀疑你讲话的可靠性，你从此将被置于上司不信任的眼光之下。

4. 切勿逞强、犯上

猜忌、多疑的上司最忌讳下属看不起自己或到处在寻机出自己洋相。所以，在与这种上司相处时，要常常提醒自己"不要出格"，要尽量把表现的机会让给领导，自己只做一些幕后的工作，当无名英雄。比如，上司在会上讨论工作打算时，你要尽可能将材料收集整理好，把计划原本交给他，让他自己说出计划。即使说得不完整或不全面，在他没有发出让你补充的"信息"时，你也千万不要自作聪明、喧宾夺主，讲出一通"高见"，否则一定会把他惹"翻"，这样一来，以后你就不能再和他相处了。俗语说："谦虚能取悦上级。"每一个上级都喜欢谦虚之人，很少有喜欢下属恃才傲物、爱顶撞、不服管的，那些猜忌、多疑的上司更是这样。

如何拒绝上司的"圣旨"

在工作中，我们也总会遇到一些来自上司的要求，假如你确实力不能及而不得不拒绝时，一定不要立刻表示不可接受，而要先谢谢他对你的信任和看重，并表示很愿意为他效劳，再含蓄地说出自己爱莫能助的困难。如此，双方都可以接受，不至于把事情弄得很不开心。下面有这么一个例子：

"小杨，请你今天晚上把这个讲稿抄一遍。"经理指着一叠起码有三四十页的稿纸对秘书小杨说。小杨听后，面露难色，说："这么多，怎么抄得完？""抄不完吗？那请你另觅轻松的去处吧！"可能经理正在气头上，于是，小杨被"炒了鱿鱼"。

小杨的被"炒"实在使人惋惜。但是，这是能够想象的，像她这样生硬直接地拒绝上司的要求，给上司的感觉是她在反抗，不听从指示，扫了上司的威信，被"炒"也就在所难免了。实际上，她可以处理得更灵活些。比如，她可以马上搬过那一堆稿子，埋头就抄起来，等抄了一两个小时后，把抄好了的稿子交给经理，再含蓄地说出自己的困难。那么经理一定会很满足于自己说话的威力，并意识到自己要求的不合理之处，而加长时限，这样，小杨就不至于被解雇。

秋高气爽，你正想利用这段黄金时间给你陈旧的居室进行一次装修；工作之后，你正不分昼夜地撰写一篇论文。此时，你的领导却要你去远方出趟差，执行另一项工作任务，是拒绝呢，还是心不甘、情不愿地碍于情面勉强答应下来呢？

明显，勉强答应下来的结果就是敷衍，即使任务完成了，也不

154

一定能让上司和自己满意。 这时,你最好的选择是拒绝。 可是如何拒绝才能不让自己难堪,又不使上司对你失去信任呢?

1. 不可一味地加以拒绝

虽然你拒绝的理由冠冕堂皇,但是上司可能仍坚持非你不行。此时,你便不能一味地拒绝,否则,上司会以为你只是在推诿,因此怀疑你的工作干劲和能力,从而失去对你的信任。 以后在工作时,也会有意无意地使你与机会失之交臂。

2. 拒绝的理由一定要充足

首先,设身处地表示自己对这项工作的重视,表示自己愿意接受的心情;接着,再表明自己的遗憾,具体说明自己为何不能接受。 比如:"我有个紧急工作,一定得在这两天赶出来。"这样,充分的原因、诚恳的态度一定可以取得上司的理解。

3. 提出合理的变通方法

对上司所交代的事,你不能答应,又无办法拒绝,此时,你可得认真考虑,千万不可怒气冲天,拂袖而去。 你应该与上司共商对策,或者说:"既然如此,那么过几天,等我手上的工作告一段落,就着手做,你看怎么样?"另外,你也可以向上司推荐一位能力相当的人,同时表明自己一定会去给他出点子,提意见。 如此,你一定能进一步赢得上司的理解和信任,也会为你今后的工作铺开一条平坦的大道,因为上司也是和你一样的有血有肉、有感情,也曾经做过职员的人。

向上司汇报工作的注意事项

假如你和你的上司关系密切，那么汇报工作就可以简单点。 但假如你是新手或和上司关系一般，你一定要留意汇报工作的方法和时机。 不管哪种情况，你做些准备或准备些资料总是没错的。 通常情况下，汇报工作时要注意以下几点：

1. 注意汇报时机

对于好消息，不管什么时候，只要上司有时间，都可以进行汇报；可是假如不是好消息，或需要费用，要不是万不得已，在上司心情不好的时候最好不要进行汇报，否则，也许会给你带来一些额外的、没必要的麻烦。 比如，你由于工作原因，想买一台数码相机，有了它，可能会提高工作效率。 假如你的上司心情好，见人就笑嘻嘻的，这时你向他提出这样的要求，也许很轻易就能得到上司的同意。 可是如果他当时心情不好，你一提出，他也许立刻会讲："没数码相机就不可以工作了吗？ 再说你现在事情也不是很多，平时就已经闲得发呆，到处闲聊，干吗还要买数码相机呀！"你听了这些话后，是不是感到心里很堵得慌呀！

2. 理由要充分

你要把想汇报的内容弄清楚了再找上司，假如有资料，则准备些资料最好。 在汇报时，上司可能会问你一些细节，你如果不会回答，就可能会给上司留下太粗心的坏印象。

比如，某政府部门要你们单位缴纳一项费用，在向上司汇报前，最好要搞明白是否有文件规定，标准如何，能否减免，其他单位缴纳情况，缴纳时间及期限，假如不缴纳会怎样，如何和这些部门联系，收费部门负责人是谁等，把这些问题弄清楚了之后，再去给领导报告是不是心中踏实多了？

3. 表达要简捷

汇报时语言要简洁，和汇报内容无关的事情尽可能不要说。否则，会节外生枝，弄出一大堆事情出来。有时，上司会问你一些事情，也许会扯出很多事情来，最后汇报就脱离了主题。因此，你要常常注意你的汇报内容是什么，不要跑题太远，不然，你的上司会觉得你逻辑不清。

如何面对上司的无故指责

不管是什么人，也不管你是什么人的下属，都会有受到老板责骂的时候，此时，大家心里都会不舒服。 但是，假如老板当面责骂你，你就怒气冲天、脸红脖子粗、冲动行事，事后你肯定会后悔。因此，当你想要发脾气时，最好在心中默想："等一等！"这句"等一等"，就是让你忍耐的意思。

无论是什么人，自己的心情不能被别人的训斥所扰乱，而要保持弹性，保持冷静，挨骂时只要低头认错就好。 下属被上司斥责是必然会发生的事。 但是，上司被下属反驳却是一件难堪的事。 既然上司已经指责了，还是干干脆脆地认错吧！ 这才是下属应有的态度。

例如：小王大学毕业不到一年，现在是某公司的一名职员。

某天，领导拿着一份文件，让他传真到另一家公司的宣传部，小王照着做了。 可谁知，第二天，领导怒气冲冲地走进了办公室，当着众多同事的面，大声地斥责小王：

"你是怎么做事的？ 让你发传真到他们公司的宣传部，你却给发到另一家公司去了！"

小王一下子就懵了，他回忆了一下，确认领导昨天交代的的确是自己发的那家公司，他想一定是领导记错了。 可是，看着领导愤怒的脸，小王没有辩解什么，而是主动承担了责任：

"对不起，实在对不起！ 都怪我办事太急躁，本想抓紧时间办好，没想到反而犯了个大错。 我一定会吸取教训，保证不会有第二次了！"

说完，他立马重新发了一份传真。 几天后，小王被叫到了领导的办公室，领导诚恳地向他道了歉，说自己那天因为着急，错怪了小王，并夸奖小王年纪轻轻，就明白忍辱负重。 从此，小王在领导心目中的地位大大提升了。

领导也是人，也有犯错误的时候，特别是在工作中，很有可能会因为忙乱和着急，而误会了你。 这时，你一定要记住：千万不要当着众人的面反驳上司。 因为，上司需要保持一定的威信和颜面，即便他错怪了你，你也不能当众让他下不了台。 你应该暂且把责任承担下来，等上司明白过来，发现自己误会了你时，自然会为你起初的忍辱负重而感谢你。

给上司提意见的技巧

下属给上司提意见时，必然有一定的心理压力，总担心善意地提意见反而会把自己与上司的关系弄僵了。所以，面对来自上司的压力，总有一些话如鲠在喉，不吐不快。此时此刻，你如何表达才能既让上司接纳了你的意见，又让他觉得你不是在故意与他作对或者不给他面子呢？这时，你不妨试试以下几种方法：

1. 兼并上司的立场

李先生是一家知名度较高的网企的总经理助理，他的顶头上司王总是搞学术、技术出身的。由于王总的工作重点长期放在技术研究与开发领域，所以，对企业管理有些一知半解，把管理的层级体系搞得乱七八糟，其他部门的人员虽然表面上恭敬，但私下里无不怨声载道，让李先生觉得与其他部门的沟通和协调倍感吃力。

经过再三考虑，李先生决定采用兼并策略，向王总建言献策。

他对王总说，实际的领导权威包括技术权威和管理权威两个方面，王总的技术权威牢固，而管理权威则有些薄弱，亟待加强。王总听后，若有所思。

李先生灵巧地兼并王总的立场，结果取得了成功。后来，王总真的渐渐把时间用在人事、营销、财务的管理上，企业的不稳定因素得到解决，公司运营进入了稳定发展状态。李先生的各项工作也顺风顺水，渐入正轨。

从李先生的工作经历中，我们可以获得很好的启迪：兼并上司的立场确实不失为向上司提意见的上等策略。首先，他没有排斥上司的观点，反而是站在上司的立场上，最终是为了维护上司的权威，出发点是善的；其次，这种策略采取的是一种温和的方式，能够充分维护上司的自尊，易于被上司所接受，效率又高；另外，这需要很强的综合能力，也需要很高的个人修养，并非轻而易举就能够针对不同情况立即提出有效率的兼并上司立场的意见的。久而久之，个人的领导能力亦会迎风而长，甚至迎来一个飞速提升。

2. 将"意见"转化为"建议"

在恰当的时候向你的上司提几点"建议"，它不仅包含了你所要提出的意见，而且还点出了解决问题的方案。

但需要注意以下几个问题，因为它们会直接影响你建议的效果：

（1）选择适当的时机

这里主要考虑到的是你上司的心情。请牢记：他也是个普通人，在公务缠身、诸事繁杂时，他未必有很好的耐心来听取你的建议，尽管它们极具建设性与前瞻性。

（2）关注对方，恰当举例

谈话时应密切关注对方的反应，通过他的表情及肢体语言所表达的信息，快速判断他是否认同你的观点，并根据需要而适当地举例说明，以增强说服力。

（3）态度诚恳，言语恰当

一定要注意说话的语气和敬语的运用，恰到好处地表达出你的想法，由于你的坦率和诚恳，即使对方不完全同意你的观点，也不会影响到他对你个人的看法。

3. 限用一分钟发表

如果你向上司提建议的话，你认为多少时间比较合适？

一般来说，上司都对冗长的建议会感到不耐烦。假如你能在1分钟内阐明你的建议，他就会觉得很轻松，而且如果觉得"有理"，也相对容易接受。反之，倘若他不赞同你的观点，你也不会浪费他太多的时间，他会为此感谢你。

4. 否定也是意见的附属品

向上司提意见，如果立即获得认可，事情就很容易了。但是，一般情况下，不认可的情况较多。毕竟你提意见的对象是你的上司，对于是否接受你的意见，他当然需要慎重考虑。

当意见被"我不赞成"、"这不合适"等驳回时，某些下属往往会因此心灰意冷。但是，因为一两次的意见被否决就责怪上司，而放弃自己的努力是一种很愚蠢的做法。向上司提意见应该抱着"否定也是意见的附属品"的积极想法，要勇于碰壁。当然，仅仅做到这一点是不够的，还应该在你的意见的内容上、提意见的方式和方法上多下些功夫。

如何指出老板的过错

当你发现老板有错误时，你该怎么做？ 老板也是人，不是神，自然也会有说错话、做错事、下达错误命令的时候。 当我们面对老板的过错时，到底是该说还是不该说，这并没有一个固定的应对模式。 这要看老板的脾气秉性、所处的场合、错误可能造成的结果，还要考虑你在公司里的地位及与老板的关系等诸多方面的因素，一般来说，指出老板的过错主要有以下方法：

1. 设计好指出策略

如果老板真的有过错，那么，你应该有"慎说"老板不是的策略，以防有任何闪失，影响自己的工作或未来职业生涯的发展。

最重要的是，请务必确定这是老板犯的错误。 而且请不要在告知老板他犯错误时还带着证据，让老板觉得你要摊牌。 此外，假如是令整个团队都不满的错误，不建议以团体沟通的方式。 因为，这更容易让老板产生你们一起来摊牌的坏感觉。

一旦确定是老板的过错时，就应该开始寻求个好的时机并且察言观色，找个适当的场合，再设计好的开头，告诉老板他的错误所在。

2. 不要在众人面前指出

假如上司犯错了，不要在众人面前指出。 毕竟上司就是上司，要维护其尊严与面子。 古今中外都是这样，即使一件公事的处理，恰巧是老板的错，那他在一定程度上也得被尊重，下属不可以摇晃着谁错谁就得受到指责的旗帜，而不为老板留些情面，更不能事后与同事讨论老板的错误，用嘲弄的口吻让流言到处传播，用贬损老板的话来证明自己的明智与正确。　如果必须让上司明白他的过错，你应该在适当的场合、适当的时间私下里找上司聊一聊，说出自己的意见和看法。

3. 不必据理力争

假如老板说错了话，无论在什么情况下，这些错话并不影响你的利益和你所负责的工作，你就不必据理力争，可以选取"装聋作哑"的办法，也就是装作没听见或没听明白。　这是一种"揣着明白装糊涂"的方法，它能够让你避免一些是非，也可避免让老板陷入尴尬和困窘。　和老板之间的矛盾有时是在所难免的，不要在冲突发生之后一走了之。　因为，在工作场合里仍会出现老问题，到那时你又该怎么办呢？　也别为争一口气而要大闹一场，因为吵闹不能解决问题，反而有可能断送了奖金，所以，还是实际些吧！

假如你必须执行你认为是错误的命令，那你唯一可以做的是：服从你的老板，认真去执行。　在执行的过程中，要积极主动地上报你工作的进展和工作中出现的问题，要相信，老板不是傻子，是停止还是继续他会明白的。　即便最后证明老板错了，你也不要难过，毕竟你已经尽了心力。

第八章

会表达，就能与同事顺畅沟通

同事间说话的"纪律"

职场中的是非纠纷每天都在发生着，你可能是个非常有正义感的人，禁不住要挺身而出去"匡扶正义"；或许你是个外向型的人，眼里看不惯，嘴里要讲出来；你可能是个"事不关己，高高挂起"、不管闲事的人……无论你是个怎样的人，你都得要和同事们日复一日、年复一年地处在一起。因此，这就需要你掌握一些与同事说话的艺术，注意分寸，树立会说话的形象风范，使身边的同事不能小看你或者抓住你的某个话柄找你的碴儿。

1. 公私分明

不论你与同事的私人关系怎样，但若涉及公事，那你千万不可把你们的私交和公事混为一说，否则你会让自己处于一种十分尴尬的地步。

钱丽与公司另一部门的主管王华特别亲密。某天，王华突然过来找钱丽。

钱丽很奇怪，问："你来找我干什么，现在可是工作时间。"

王华说道："钱丽，我们部门现在有个计划，希望与某公司合作。而我在公司就你一个熟人，所以想请你帮我啊？"

钱丽一愣，王华接着说："我知道，你和某公司的公关经理很亲密，你就做个中间人吧！帮我说几句话，这事儿要成了，我不会亏待你的。"

钱丽听到之后，觉得很为难，想直接拒绝，可又怕王华不高兴。答应吧，但又不想把公事和私交混在一起。

所以，她对王华说："我是认识该公司的公关经理，不过，她最近在休假。我怕等她回来，你们的计划就给耽搁了。"

王华一听就清楚了。

事实上，钱丽的朋友并没有去休假，她仅是不想把自己掺和进去。自己与王华不是一个部门的，插手其他部门的事，怕自己的上司不高兴。况且，这事儿要不成的话，反倒影响了自己和王华的友谊。

若你也遇到同事请求你伸出援助之手的情况时，你可以打趣地说："事实上这件事很简单，你一定可以应付的，被我的意见引导左右可能不好。"这番话是间接提醒他：一个成功的人必须独立、自信，而且这样也不会损害大家的友情。

2. 工作第一，友情第二

虽有人说："好朋友最好不要在工作上合作"，但机缘巧合，两人碰巧在同一个单位里工作绝不稀罕。

若某天，公司来了一位新同事，他不是别人，恰巧是你的好友，而且他将会成为你的搭档。上司把他交给你，你要做的第一件事就是介绍公司的架构、分工和其他制度。这时候，不宜跟他拍肩膀，以免招来闲话。

和好朋友搭档工作应该是一件好事。然而，在工作中，你们的友谊常常会面临各种各样的挑战。你与搭档的级别相同，但工作量却十分不同。人家可以"煲电话粥"，你却整日忙得不可开交。即使你心情不佳，也千万不要向搭档发脾气，因为你们日后并肩作战的机会还有很多，许多事还是唇齿相连的。

表面上，你的首要任务是做好自己的工作，对此位搭档要保持一贯的友善作风。

然而，最重要的做法是向上司表态。上司不一定是偏心，有可能是对每项工作所需时间不大了解而已，所以你有必要跟他沟通，让他知道，每件工作所花的时间为多少，在一个工作日里可以做些什么，你的工作又是如何。但要注意，你只能描述你的困难，不要埋怨搭档，对事不对人，才能让事情得到较好解决。

3. 永远不说同事的坏话

和同事相处，要懂得分寸。话太少不行，人家会认为你不合群、孤僻、不善交往；话多了也不行，容易让人讨厌，而且也容易让别人误解，认定你是个乌鸦嘴。所以，说话一定要讲分寸，该说的一定要说，还要说得具体。不该说的一句不说，要恰到好处，适可而止。

不管同事怎样惹怒你，抑或你们之间有什么矛盾，总之，"得饶人处且饶人"。多一句不如少一句，凡事都能够谦让一点，以后你有什么不恰当的地方，同事也不会做得太过分，推你走向绝境。

"谁人背后无人说，谁人背后不说人。"即使这话说着有些绝对，却也说明了一个道理，那就是，大多数人都或多或少地在背后讨论过别人，只是所说的是好话还是坏话就不知道了。不过有一点，常常在背后说别人坏话的人，一定不会是受欢迎的人。因为但凡有点头脑的人，都会自然而然地这么想：这次你当着我的面说别人的坏话，下次你就有可能当着别人面讲我的坏话。这样，你在别人的心目中就不可能好到哪儿去。

同事间说话的注意事项

职场中同事之间的关系有时也很复杂，因为处在同一个利益共同体中，而各自经历不同，各自脾气习性不同，彼此之间难免会有摩擦。为了团体的和谐与融洽，同事之间必须有人做出让步，必须有人委屈一下。

同事每天见面的时间最长，交谈内容可能还会论及工作以外的各种事情，但说话不当经常会给你带来不必要的麻烦，故与同事相处时，语言交流必须把握好分寸。以下是应当注意的若干事项。

1. 多听少说为佳

俗话说：一言可以兴邦，一言可以乱邦。故老于世故的人，可以对人不开口的，就尽可能做到沉默是金。

而生活中，正人君子有之，奸佞小人亦有之；不仅有坦途，也有暗礁。在复杂的情况下，不注意说话的分寸，往往容易招惹是非，授人以柄，甚至祸从口出。因此，小心说话，谨慎为人，使自己处于进可攻、退可守的有利地位，紧紧地把握人生的主动权，无疑是有益的。一个毫无城府、喋喋不休的人，会显得浅薄俗气、缺少涵养而惹人讨厌。西方有句俗话说得好："上帝之所以给人一个嘴巴，两只耳朵，就是要人多听少说。"

中国也有句成语叫作"祸从口出"，为人处世必须把好口风，什么话能讲，什么话不能讲，什么话可信，什么话不可信，都要在脑子里多思考一下。害人之心不可有，防人之心不可无。

2. 在上司面前评价同事要慎重

被上级问及对同事的意见时，必须慎重对待。 对此，要弄清对方的目的，观察上级的心意。

那么，怎么才可以摸清对方的意图呢？

无论哪一种情况，都不妨先做思考状，再迅速观察对方的反应。

微微沉默一会儿之后，不如反问："不知您的看法如何？"试试他的反应。

上级一般会说："我个人的看法是……"把自己的意见说出来。 若和你所想的相同，就表示同感。 若不同，就把自己认为不同的地方讲述出来。 论及别人的缺点，也应仅止于大家都认同的地方，若有上级没有在意的，点到为止即可。

3. 闲谈时莫论人非

人多的地方总有闲话。 有时，你可能不小心成为"放话"的人；有时，你也可能是别人"攻击"的目标。 这些背后闲聊，例如上司喜欢谁、谁最吃得开、谁又有绯闻等，就像噪音一样，影响人的工作情绪。 聪明的你要明白，该说的就大胆地说，不该说的千万不要乱说。

宇宙之大，可聊的话题众多，何必一定要拿别人短处当作话题？ 你所知道的关于别人的事情不一定可信，也许另外还有许多是非不是你所能详知的。 若贸然把你所听到的片面之言传播出去，就是颠倒是非、混淆黑白。 说出去的话就收不回来，当事后了解全部真相时，你还能更正吗？

"王某借了李某的钱不肯还，这真是过分！"昨天你对一个朋友讲，这是你从李某那儿听来的而替他打抱不平的话。 人总是认为自己是对的，若你明白了人类的这一缺点，就不会诋毁王某。 一旦你有机会遇到王某，他也会告知你，他虽借了李某一笔钱，但已和李某讲明了，是因买房时首付款紧张，暂借李某 3 万元当作周转金，等两个月时间连本带息一并支付，并立有字据为证。 然而刚到一个月时间，李某又因着急购买汽车，想拿回现款，但王某确实手头不宽裕，故实难支付。 所以，说人赖账是明显不对的。 由此看来，职场中同事之间的种种关系有时也会很复杂，你若不知内情，就不要随便乱说。

每个工作单位中总有这一种人，喜欢推波助澜，把其他同事的是非讲得有声有色，夸大其词，逢人便说。 人世中不知有多少悲剧由此而生。 你虽然不是这种人，但偶然讨论别人的短处，也许无意中就为自己种下了恶果。 但这恶果后来的发展，对同事间关系的破坏程度是你所料想不到的。

4. 不要炫耀自己

有些职场人士动则提及自己或家人的辉煌业绩和显赫地位，向同事们炫耀。 事实上，这将伤害同事的自尊心，引起大家的不快，导致对你的厌恶和反感。

"我在北大当学生会主席的时期……"

"我有在 ××部委的哥哥……"

时间长了，同事也会觉得你"高人一等"、"异于常人"，于是，就会把你抛弃在他们这些"常人"的圈子之外，冷淡你，隔离你。

巧用幽默语言分享快乐

幽默的话语可使同事之间感觉轻松快乐，在工作中消除因工作带来的紧张，驱逐挫折感，并且顺利地解决问题。

罗氏一家人都从事危险的行业：用炸药毁坏建筑物。当然，我们可以明白，他们做这一行工作的心理压力很大。但是，罗氏一家人却能用幽默的力量来消除紧张——和当地记者聊天，说些荒诞的故事。某次，就在大爆破工作之前，新闻记者问罗道格怎么处理飞沙和残砾，他一本正经地回答道："我们在三明治包装袋的公司定制了一个特大的塑胶袋，然后让直升机在大楼上空把它扔下来。"

人们因为这虚构的笑话笑弯了腰。同样，第二天罗氏兄弟从报上读到这一条新闻时，也爆发出阵阵笑声，紧张的心情也得到了放松。

荒唐的故事也能因其趣味而加大个人工作的价值感，下面两位保险业务员的争吵就可以说明这一点。

第一位说，他的保险公司十次有九次是在意外发生当天，保险人就拿到了支票。

"那算什么！"第二位逗笑说，"我们公司在大厦的二十三层，这栋大厦有四十层高。有一天，我们的一个投保人从顶楼跳下来，当他路过第二十三层时，我们就把支票给他了。"

事实上，我们每个人都可以通过幽默、调侃来更轻松、更坦率地处事。下面就是一些可以常用的幽默：

当你的老板开他自己的玩笑并与你一起乐，而你也同样回复他时，你们都有所获得。也许他这样说："别把我当你的老板看待，只当我是一个永远的朋友。"你可能回答说:"其实我是把你当为拼图游戏——当你想拼成完整的图时,就得从碎片里找。"

你可以对送信来的邮差先生说:"我想今年的春天来晚了一点。 你们的邮政服务为何不能早点把它送来。"

邮差也许会对你说:"抱歉,我们明年会连你的年龄都早早帮你寄送到家。"

你对医生说:"我知道你是个十分成功的医生——没病的人,你也有办法告诉他有什么毛病。"

医生对你说:"对,我的成功正来源于此。 除非你不来光顾,只要你敢来,我就敢说你有毛病。"

你对同事说:"唔! 我看得出你懂得办好事情的诀窍,并且你也知道如何守秘不宣。"

你的同事对你说:"感谢你把你的一点思想透露给我。 我很感激——尤其是当你的业绩如此低落之时。"

公交车上,一位女乘客不停地烦扰司机,每行一段,她都给司机讲一次,自己要在哪里下车。 司机一直很有耐性地听,直到后来她大喊:"我该如何知道我要下车的地方到了没有?"司机说:"你要是看我脸上笑开了,就明白下车的地方到了。"

有一位电影明星向著名导演希区柯克抱怨摄影机的角度问题。她不断地告知他,务必从自己"最好的一边"来拍摄。 "对不起,做不到,"希区柯克说,"我们不能拍你最好的一边,因为你正把它压在椅子上。"

若你需要幽默口才来改良同事们的工作态度,那么,你要以相似的妙语来表明自己的观点。

与同事聊天的注意事项

　　休息时段里，聊天成了职场办公的人打发时间的主要方式。同事之间聊天的内容虽然没有限制，但要注意格调，也就是指不讨论庸俗低级、格调低下的话题，比如搬弄是非，贬低他人的话题。同时，同事的短处和不喜欢的事也不应该作为话题。

　　在办公室里聊天，重要的一点就是不要妨碍他人，因为在公共场合大声讲话是惹人厌的。另外，善于聊天的人，绝不会自以为是，用教训人的口吻说话。

　　偶尔不在办公室里，而是在电梯间里相遇，或是在开会前偶遇，这时也免不了有一段闲谈，交谈的长短会因交谈对象和交谈地点的不同而有差别。

　　即使闲谈看起来是微不足道的小事，但它有时却变得十分关键。谈得太多会被人看成神经质，不搭理别人则会被人误认为过于清高。仅仅讨论工作的人则显得思想有些狭隘。因此，你应把每次与其他同事的相遇都当成一次展示交际才能的机会，一次因自己的语言打动别人的机会。

　　聊天的能力在工作中是非常必要的，对同事间协调情感、增强信任很有用。如果你在公司多年打拼，在工作勤奋的情境下仍然不能获得进展，那你就要反思自己是不是因为缺乏交际的技巧而错过了成功的机遇。要知道，掌握闲谈的技巧也是职场人际关系中一项极为关键的内容。

　　身为一个有心的聊天者，若几位同事在一起聊天，你就要在意让大家都有发言的机会。不要刻意提出一些挑战性的问题，避免引起激烈争论，导致不欢而散。 如果有前辈在座，则要更加有礼貌并且虚心向他们学习，不要随意打断前辈的话或抢在前辈之前发言。

聊天是一种交换想法、交流思想和加强情感的交谈活动。 它在职场人际关系中，有的时候是润滑剂，使人们消除摩擦，化解矛盾，有时又是黏合剂，使人们互相靠近，彼此了解。 正因为如此，你要善于利用聊天的方法沟通心灵，推进工作。

聊天时，避免冷场是谈话双方共同希望的。 但一旦出现冷场，你还是要有所准备。 作为聊天的一方，你可以靠转换话题的方式打消冷场，在你转换话题时，要想出一个大多数人都感兴趣并有可能参与意见、发表看法的问题，或为了活跃气氛而开个玩笑，再转入你要说的正题。

要懂得，聊天的话题是否有趣和冷场的出现与否有极大的关系。 "曲高和寡"会导致冷场，"淡而无味"同样也会引起冷场。若你不希望出现冷场，应当提前做些准备，使自己有一点应急的话题，来防备不时之需。

但是，需要注意的是，同事间纵然是放松聊天，不谈正经事，但不能不分时间和地点随便地信口开河。 如果口无遮拦，说错了话，说漏了嘴，那就很难补救了。 如果因言行不慎而让同事尴尬，或把事情搞糟，这样不但不礼貌，并且是十分不明智的。 因此，在与同事聊天时须注意以下几点：

1. 不要探问同事的个人隐私

喜爱打探别人隐私的人是令人讨厌的。 在西方人的交际中，"探问女士的年龄"被看成最不礼貌的习惯之一，故西方人在日常应酬中可以对女士毫无顾忌地赞赏，然而不去过问对方的年龄。

在你准备向同事提起某个问题的时候，最好是先在脑中过一遍，看这个问题是否会涉及对方的个人隐私。如果涉及了，要尽可能地避免，如此不仅可以让对方易于接纳，还会使对方为你得体的问话与轻松的谈话而对你留下好印象，为同事间的相处打下很好的基础。

再说具体点，在同事之间的交往中，容易谈及隐私的主要有以下几个方面：

（1）女士的年龄。

（2）工作情况及经济收入。

（3）家庭内务及存款。

（4）夫妻感情。

（5）身体（疾病）情况。

（6）私生活。

（7）不愿公开的工作计划。

（8）其他不愿意为人所知的隐私。

2. 不能当众揭同事的隐私和错处

有人喜欢当众谈论对方隐私、错处。心理学研究表示：谁都不乐于把自己的错处或隐私在公众前面"曝光"，一旦被人曝光，就会觉得难堪而恼怒。所以，在职场中，如果不是为了某种特殊需要，要尽力避免谈及这些问题，免使同事当众出丑。如果确实必要，可采用委婉的话暗示你已得知他的错处或隐私，让同事认为有压力而不得不纠正。知趣的、会权衡的人只需"点到为止"，一般是会顾全自己的脸面而悄然收场的。但若当面揭同事之短，使对方出了丑，那对方有可能会恼羞成怒，抑或干脆要赖，形成很难堪的局面。因此，关于一些纯属隐私、非原则性的错误，最好的办法是装聋作哑，一定别去追究。

3. 不能故意渲染和张扬同事的失误

在职场上，同事之间说话，常会遇到这类情形：讲了一句外行话，读错了一个字，搞错了一个人的名字，被人抢白了两句等。此种情况，对方本来已经很尴尬，害怕更多的人知道。这时，你若作为知情者，一般说来，若情形无伤大雅，就不必大加张扬，故意搞得人人皆知，更不要抱着幸灾乐祸的思想，以为"这下可抓住你的笑柄啦"，来个小题大做，拿人家的失误当作笑料。因为这样做不但对事情的成功无益，而且还有可能会因为伤害了对方的自尊心，因此而结下怨敌。同时，这也有损于你自己的社交形象，人们会想你定是个刻薄多舌的人，会对你反感、有戒心，因此对你敬而远之。所以，夸大他人的失误，确实是一件损人而又不利己的事。

4. 不宜过早说深交话

初与同事交往，即使你对其中某人有一定好感，但若缺少深刻了解，就不宜过早跟对方讲深交、讨好的话，特别不要轻易为对方拿主意，因为这很可能会形成"出力不讨好"的状况。如果你的主意行不通，则对方可能以为你在捉弄他；即便行之有效，他也不一定会为几句话而感激你。所以除了要好的朋友，不宜说深交的话。

5. 说话不能不看时机

同事之间交流，有的人聊天时旁若无人、滔滔不绝，不看别人脸色，不看时机场合，只是满足自己的表现欲，这是修养不好的表现。有修养的职场人员，说话会常常注意对方的反应，不断调整自己的情绪和谈话内容，使同事之间的聊天更有意思，更为融洽。

避免无谓的闲聊

工作中的闲聊不但误事，并且也会给同事留下你无所事事的印象，尤其是领导看到你与别人闲聊，则更会损害你给他的印象。那么，如果想避免同事中无意义的闲聊，该怎么做呢？

1. 避免在繁忙中打扰

当你正在匆忙工作或细心设计某个东西时，这时就不希望被他人打扰，特别是闲聊，如电视剧、球赛、精彩的小说抑或衣服穿着、饮食点心等，都可能引出很多的话题。若同事主动与你讨论，你的回答最好简明扼要，不可以寒暄，以便尽快结束谈话。

2. 站起来打招呼

当你正忙着的时候，有同事来找你，你可以快速地站起来和他打招呼，一来尊重别人，二来因为你保持站立姿态，或者手中拿着笔、尺什么的，相当于告诉别人"我正忙着呢"，懂事的人能领会你的意思，谈完即走。若对方仍没意识到这一点，你就不妨直言相告："嗯，我想，我们下次再特意抽时间谈吧。"这样做，依然不失礼貌。

3. 避免外貌、动作上引人注目

举个例子，不要看着窗外想问题，这样容易使人误以为你在走神，思想开小差，正好招惹人闲聊。不要用手拍打桌面或哼着什么小曲，这样也可能引起别人对你的注意。明知有人想与你闲聊，尤其是啰唆出名的人走近了，你可以不抬头，只顾做你本来正在干的事，表示你正忙得很，同时也不引人注目。

4. 事先声明提示

许多学者、专家为节约时间、避免来访者过多的谈话，都提前在办公室贴张便条，上面写明"谈话请控制在 10 分钟内"，让明眼人一看便知，起到此时无声胜有声的作用。 工作中，若你认为这样做有点奇怪，也可以提前与周围的同事说明，请他们帮个忙。 例如，当大家谈话过长了些，可善意提示："你的事忙完了吗？"这相当于委婉提示同事应尽快结束闲聊。 如果对关系不错的同事，则完全能够说实话，直言相告："哎呀，真对不起了，我有些事要做呢，我们下次再谈，好吗？"若有的同事实在闲得很，东扯西拉，那么，你可以插话，以打断他的话头，说明情况。

及时消解与同事的误会

同事之间的误会经常是无意之中形成的认知上的错误。无论你如何谨慎小心，也无论你在公司中工作了多少年，几乎每个职场人士都遇到过这种情况。

造成误会的原因有两个方面：一是个人的言行不够谨慎，言谈行事有欠周到、细心，使他人不能准确地明白你的意思；二是对方主观猜测。由于每个人不同的经历、学识、价值观、气质、心情等因素的影响，对同一件事、同一句话，不同的人会有不同的认知。

误会带给同事痛苦、烦恼、难堪，甚至会产生预料不及的隔阂。所以，你一旦发现自己落入误会的圈子后，必须调整自己，及时采取可行的方式消除误会，尽快进行调整，使自己与同事的关系轻松、顺畅起来。

1. 消除委屈情绪

出现或形成误会后，要做的第一件事，就是不要一味地为自己辩解。总认为自己正确、不被理解，心中抱有委屈情绪的人，肯定不乐意开口向对方做解释，这种心理障碍会妨碍彼此间的交流。

此刻，你应多替对方着想，不管他是气量小、心胸窄，还是不明真相，不了解你的一番苦心，你都不必去计较。只要你真挚地向他表明心境，那么，误会就会很快被消除的。

2. 查清原因

发生误会后，一方怒气冲冲，充满怨恨和敌意；一方满腹狐疑，委屈压抑，双方的隔阂就会越来越深。 如果这时谈崩，则会产生新的误会。

因此，发生误会后你必须冷静，一定要下一番功夫内查外调，搞清楚对方的误解源于何处。 否则，不管你花费多少口舌，也不能解释清楚，弄不好还会越描越黑，弄巧成拙。

3.当面说清楚

即使误会的类型不同，但解决的最简捷、最方便的方法便是当面讲清楚，大多数的人也都会认可这种方法。

所以，若有误会需要亲自向对方做出说明时，你千万不要找众多借口推脱。 一定要战胜自己的懦弱，克服困难，力图当面说明心里的想法，千万不要轻信第三者的只言片语。

4.不要放过好时机

解释原因，消除误会，一定要选择好时机，且必须考虑对方的心境、情绪等情感因素。 你最好选择升职、涨工资、婚宴等开心日子，因为这时对方心情快乐，神经放松，胸怀也就较为宽广。 你如果能抓住这些时机进行解释，常常能得到对方的原谅，双方重归于好。

所以有了误会，要快速地解释清楚。 拖拉的时间越长，你就越被动。

5.请其他同事帮忙

你和同事的误解经常是在工作中产生的，双方的误解涉及许多因素。 个人解决时可能会受到限制，有时候不能明白透彻地说清楚，此时就需要请别人帮助自己，把事情彻底地弄清楚。

当然，你也没有必要兴师动众，喊上一帮同事大费口舌。 当误会不方便直说，你们双方又都觉得心里不痛快，产生了生疏和隔阂时，你只需要让同事帮忙为你们寻找一个畅谈的机会就可以了。 在和畅友好的气氛中，你们心理上的距离便会缩短，众多小误会和不快都会自然地消失。

6. 用行动加以证明

对于用语言解释不清的误会，那么，你就用与之相反的行动去证明误会的不实之处。

例如，有同事误解你的工作成绩是通过别人帮忙得来的，这种事你是解释不清楚的，只有靠自己的努力拿出更好的成绩来证明你的能力。 如此，他们就无话可说了，误解也就自然消除了。

7. 恰当地进行自我辩解

自我辩护是维护自我权利不被侵犯的最实用的手段。 因此，具备自我辩解的能力和技巧，是进行自我保护的前提条件。

生活中，人都免不了受委屈，受了委屈就要替自己申辩，来消除别人对自己的误会，也就是自我辩护。 辩解时，要使语言讲述饱含感情，通过讲述，把自己的满腔热情和热切愿望传递给他人。 同时，要以诚恳的态度，用合作性的语言，得到对方真诚的原谅。 一般来说，说"我们"如何，会使对方有被同化的感受，似乎双方就是同一派的，不应发生矛盾，从而消除了敌意。 同时，辩解时，首要的是坦诚，只讲述自己的想法，而不责备对方的无理，让对方自己去思量。 辩解时，也应用"地利"、"人和"的因素，创造自我辩解的环境，让自己在心理上先有了优势，使辩解更完善，成功率更大；或用询问性的语言使用换位法，让对方设身处地地设想一下，若是自己，那时会怎么办，从而达到谅解的目的，获得辩解的成功。

值得关注的是，如果自己真的有错误，就应十分坦率地说明情况，勇敢地承认错误，接受批评，使对方发现你的真诚而真正与你复合。

总之，辩解过程中，既要坦率又要不卑不亢，既要拿回自己的尊严，又不能得理不饶人，以消除误会、保护自己、化解矛盾为辩解的宗旨。

理智对待同事的冷言冷语

在职场上，难免会听到许多伤人的冷言冷语。 此类尖酸刻薄的话，常使人感到难堪和不开心。 一般来说，说这类话的同事的心境，或嫉妒，或蔑视，但目标都是要让你难以忍受，刺伤你的自尊，打击你。 例如：

"你自己做完了这项工作？ 不会吧，想不到你居然可以独立完成这项工作。"

"你真是笨得很，告诉你这份文件要这样写的，你脑子里装的是什么？"

若你听到这样的冷言冷语就会十分生气，并且激烈地反唇相讥，可这就正中了对方的圈套，他正好对你更加中伤诽谤，双方不免一番唇枪舌剑，最终两败俱伤。

事实上，听到冷言冷语就很生气、失去理智是非常不明智的。这样不仅会让自己动了肝火，随了对方的意，还不能解决问题，反倒伤了互相间的和气。

要消除冷言冷语带来的伤害，有许多很好的方式，而且大可不必唇枪舌剑，干戈相向。 因为对你冷言冷语的人常常是有某种目的，你不如先分析他话中的用意，找出言外之意，再针对重点做出反击。

或者，你可以装作不解地问对方："你这样说是什么意思，我不大懂。"或者装傻说："你这个玩笑真有意思。"总而言之，你要忍耐，不要当面翻脸。

如何应对同事与你抢功的情形

职场如战场，当你花费心思提出一个好方案，拉到一个大客户，抑或你兢兢业业地工作为公司发展做出了极大的贡献时，而看到同事想把这一切归功于自己。这时，你该怎么办？是据理力争，还是自认倒霉？或许，下面的两种方法对你会有所帮助。

1. 文字胜于言语

在有些情况下，面对面地聊天极有可能导致一场唇枪舌剑，若是以书信的方式进行沟通，效果可能会好些。当然，写信的主要目的是要委婉地提示一下对方，当初是自己郑重提出的想法，才使事情变得像今天一样令人欣喜。在信中适当的地方，你可以写上有关的日期、标题，可以引用任何现存的书面证据。这可以让你有机会再一次含蓄地强调一下你的真正意思：这主意是我想出来的。

2. 先夸对方，然后说明真相

当你打算与同事表明自己的意图时，你可以选择在只有两个人的时候，首先对抢你功劳的同事的能力和见解大加赞扬一番，这种方法对职业女性来说非常重要。很多研究者发现，女同事大多喜爱从"我们"的角度而并非"我"的角度来做事，所以她们的想法和首创就常常会被男同事使用。在表明功劳是自己的时候，你可以这样说："虽然最后我们把这个方案设计得天衣无缝，但那天我回去以后又细致思考了一下，认为有些地方需要进一步改进。现在，这个方案才确实是完美无缺的！"

或许，你的同事也非心存歹意，他也是在努力做好本分的工作，只不过无意中占了你的劳动果实，若是这样的话，你只需要轻描淡写地把你的构思过程讲解一遍，他便会有所领悟。 值得一提的是，你的赞扬千万不要变成对他的讽刺，否则，将适得其反。

指出同事缺点的艺术

同事之间相处，难免有矛盾和不痛快的事发生。当碰到一些同事，对其差错的表现不吐不快时，特别需要注意沟通的方法和语言技巧。

金焱在职场上已打拼多年，也遇到过各种各样的人和事，本来应该算是一个"交际能手"，但不知为何，她总是很轻易地得罪人。因为她心里总放不住事儿，有什么就说什么，从来不会隐藏自己的观点。

有的同事把茶水倒在纸盒里，弄得满地是水，她会告诉他不可以这样做；有的人在办公室里抽烟，她会让他出去抽；有的人喜欢没完没了地打电话，她就告诉他不要轻易浪费公司的资源……她这样做是好心，因为若让经理发现了，不是一顿臭骂，就是被扣奖金。

然而，好心没好报，她这样做的结果是把同事们都给得罪了。每个人都对她有很多意见，甚至大伙一起去郊游也故意不叫上她。一次，她觉得不公平，就向经理反映，没想到经理也不支持她，并没有批评有错误的人，反而弄得她在公司里更加被动。她十分想不通，自己明明是实话实说，为什么结果却是如此？难道做人就一定要撒谎吗？

金焱的这种情形，事实上是很普遍，也是能理解的。人们的日常生活离不开与人打交道，若跟同事关系不好，又要天天见面，的确叫人难受。

从上述事例来看，关于同事的一些缺点，实话实说本身并没有错，心胸宽广、为人正直这是许多人都赞扬的美德。但问题是，实话实说也要分时间、地点、对象以及其他同事的接受能力。

若说话过于直率，措辞过于生硬或激烈，只会产生不良效果，不但达不到善意的初衷，并且有时会走向极端，带给自己麻烦。

所以，在指出同事缺点的同时，也应反思自己说话是否得体。若是因为没有讲究方式方法，而使同事关系紧张，就要考虑自我调整，克服过于坦率的说话方式。

有话当面讲，不在背后说长道短，这肯定是对的，但也不能因此而忽略了人与人之间的复杂性。只求敢说，不讲结果，这根本就无益于问题的解决。

人一般都爱面子，爱听表扬的话。当你想说的时候，不如为对方想想，不要只管自己说得舒服。尽管你是善意的，但也会伤害对方，甚至有可能让对方形成误解和怨恨。若找一个适合的机会，比如大家一起吃饭或聊天的时候，委婉地说出自己的想法，与当事人单独交换意见，也许更会得到对方的理解；抑或用幽默来表达自己的想法，一定更有利于问题的解决。

第九章

会表达，就能与下属成功交谈

如何掌握与下属说话的分寸

把握好与下属交流的分寸，对上司塑造自己的威信是非常重要的。因为上司与下属之间的沟通基本上是建立在口头上的。因此，要想把每一条建议或命令都写下来是很难办到的。要想让下属真正地领会、欣然地接受并切实地执行自己的命令或建议，这时，就体现出掌握与下属说话分寸的重要性来了。

具体做法有如下几点：

1.仔细考虑说话内容

上司需要认识到的是，自己所说的每一件事、所发的每一个命令是对基层员工来说的，代表着权威。管理层级或职衔越高，所说的话就越重要，这也就是为什么那些位高权重的领导们一般不会轻易发表对某一事的看法。

2.注意说话方式和态度

说话方式甚至与内容有同等重要的作用。当说话者用粗声粗气或不愉快的语气传递信息时，听者反应几乎也是情绪性的或是对立性的。因此，听者以同样的情绪回应也就可以预料了。

因此，在发出指令时，应该给下属一个充分的解释，要坦率，要允许提问，要聆听不同意见，不要以自己的资格而自视甚高。另外，上司应好好考虑下属提出的有意义的意见或建议，以获得更理想的效果。

上司必须在下达口头指示前有"先见之明"。他们会提出什么反对意见？ 如何应对这些反对意见？ 怎样把无聊的抱怨与对单位的关心区分开来？ 是否某个人比别人的抱怨更多？ 那么，又如何让他们在会议中减少"非议"呢？

3. 选择好谈话地点

还有一项应考虑的重要因素是，到底应该在什么地方传递信息？ 上司办公室是传递信息的最佳场所，因为这里是上司权威的最强象征。 所以，当上司想要发出新的指示，调整程序结构，对下属进行批评指正时，是极适宜在自己的办公室进行的。

而在一些情况下，上司到下属办公室的交流效果更好。 比如，如果你希望表扬下属或对他近期表现比较认可，下属办公室就不失为一个合适的交流场所了。

或许，一个放松的交流是上司更为看重的。 在大厅或饭厅里碰到下属，向他发出你的信息或指令，一种自然而然的交流会使得指令发得更加轻松。

当然，要向很多下属传达指示或指令时，就需要使用会议室了。

把握重点与下属交谈

上司是经常要与下属交流的，因此，抓住重点也是上司必须掌握的一门技巧。 所以，上司应注意以下几个关键点。

1. 要善于激发部下讲话的愿望

要让下属有发表意见的机会，使谈话在感情交流的过程中完成信息交流的任务。

2. 要善于启发部下讲真情实话

上司切忌刚愎自用，而应以坦率、诚恳、求实的态度与下属交流，同时不要把自己的好恶表现在面部。 并且要尽可能让对方在谈话过程中了解到：实事求是才是自己想要的。

3. 要善于抓住主要问题

谈话必须突出重点，扼要紧凑。 当对方话题偏离时，应及时引导或阻止。

4. 要善于表达对谈话的兴趣和热情

上司应利用表情、肢体语言等来表达自己对部下讲话内容的兴趣和对这些谈话的热情。 这时，上司善意地一笑，赞同地一点头，真诚的一个"好"字，都是对部下谈话的最有力的鼓励，使他们对于谈话更有兴趣和热情。

5. 要善于掌握评论的分寸

在听取部下讲述时，上司应适时地表示"中立"，以免对下属的讲述起引导作用。若要作评论，应掌握措辞的分寸。

6. 要善于克制自己，避免冲动

部下在反映情况时，常会由于冲动忽然批评、抱怨起某些事情，而这在客观上又是间接地在指责上司。这时，上司保持头脑冷静、清醒就十分重要了。

7. 要善于利用谈话中的停顿

停顿是部下讲话中经常出现的。一般有两种情况：一种是故意的。它是部下为检查一下上司对他谈话的反应、意见，以引起上司做出评论而做的，这时，上司有必要给予一些一般性的插话，以鼓励部下进一步讲下去。第二种停顿是由于思维停顿引起的。这时，上司应采取反问、提示等方法使下属思路逐渐清晰，从而使谈话继续。

8. 要善于利用一切谈话机会

谈话分正式和非正式两种形式，两者的差别在于一个是利用工作时间，而另一个则是利用业余时间。作为上司，也应抓住非正式谈话机会。在业余时间进行一段无主题的谈话，这是在下属无戒备的心理状态下进行的，因而哪怕是片言只语，有时也会得到意外的信息，这也是上司了解下属的另一个途径。

向下属提问的语言技巧

向下属提问也有极强的技巧性：一是要使下属愿意提供信息；二是要使下属知道管理人员需要什么信息。

具体而言，要做到以下几点：

1.简明易懂

提问必须简明，措辞要通俗易懂，少用双关语或其他容易引起歧义的语言。

2.避免过多的解释

有些人为了使下属听得明白而解释过多，但这样做会使对方因为受到轻视而感到不满，产生抵触情绪。

3.避免对结果有暗示性的提问

不要将自己的倾向在答案中透出。如："你不认为这项新制度很好吗？"就是一个典型的暗示性问题。此时，下属可能慑于上司的威严、碍于情面而迎合他，这样的回答往往不是出自内心或并不能反映实际情况。所以，上司也应当避免用说话的语气与语调、说话时的表情、动作等对所预期的答复进行暗示。

下面是公司实施新人事制度后，经理与职工乔治的一段对话：

经理：乔治，你不认为新人事制度较原来是一大改进吗？

乔治：是的，的确如此。

经理：职工们对这一制度都还满意吧？

乔治：满意，都很满意。

经理：那么，在激励职工劳动的积极性方面，新人事制度是否收效良好呢？

乔治：收效很好，大家工作的积极性都有了很大提高。

这次交谈可以说是毫无意义的，只是加深了经理的乐观的主见，因为他对三个问题的结果都做了暗示。他若是换一种问法："你认为新的人事制度怎样？""员工的反应如何？""对员工劳动的积极性有无影响？"如此，乔治才能放下心理包袱，说出真实想法。

4.一次提问最好只突出主要问题

若包含的问题过多，会使下属产生心理压力，使他们无法回答周全，因此，可以让他们拣自己熟悉的说。

5.掌握交谈的进度

要想有效掌控交谈进程，可以运用转换、引进话题等方式来实现，并且可以根据时间和情绪的变化，使交谈自然融洽地开始与结束。

6.试探性提问

当管理者提问后，下属若出现不适当反应时，应使用试探性问题。不适当反应是下属对管理人员的提问做出的不符合管理人员期望的、无助于实现交谈目标的反应，通常是指说话内容冗长、偏离主题、模糊不清、过于偏激，回避问题的谈话，情绪反常失控等。

请看下面经理和下属亨利的谈话：

经理：从总体上来说，你现在工作感觉如何？还愿意调到其他部门工作吗？

　　亨利：嗯，是的……也不好说，现在的工作待遇不错，而且，嗯……这儿的同事也很好，可是有的时候，你知道，这些工作很单调也很无聊，而且，我想，我觉得……你知道，我在这儿升得没有我预想中的那么快。

　　经理：那么，你是觉得调也好，不调也好。也就是说，还没有确定好喽？

　　亨利：是啊！我是真的还没有确定下来，这是一个难题，我想，如果每个因素都考虑到的话，我倒真想换个工作试试，尤其是有机会晋升的工作。

　　在经理第一次提问后，亨利说了一大段模糊且没有最终答案的话，这样的对话是毫无意义的。于是，经理在第二次提问中运用了两种技巧：一是他对亨利的谈话进行了一定的总结，并鼓励他继续说下去；二是他用了一个试探性问题"还没确定好喽"，最终给亨利一个重新考虑的机会，通过引导、试探，终于使他说出了真心话。

　　好的试探性问题应当是不带有个人想法的、保持"中立"的，是为了在尽可能的情况下给下属的回答一个较大的、开放的空间，使交谈进一步深入。

如何向下属表达自己的观点

作为上司，若想要让自己的主张深入人心，则应知道如何艺术地表达出自己的观点。 如果不讲艺术，而是依仗权力把自己的观点强加于人，那样的话，下属则无法心服口服。 从职场语言艺术的角度来说，明智的做法有以下两点。

1. 巧妙地让下属承认自己的观点

上司应首先提出建议，说给下属们听，再听听他们的想法，充分地讲究一下民主，调动他们的积极性，再将他们的提议与自己的相比较。 那样，他们就会承认上司的办法是最好的、最有效的。同时，上司与下属们的沟通也就成功了，既满足了下属们的主人翁感，又增强了他们对上司的支持与敬佩。

西奥多·罗斯福担任纽约州长的时候，就表现得犹如一个出色的外交家。 因为每当他想任命某一个人担任什么重要职务的时候，他总是将一些政治活动家邀请来，然后大家一同商讨，最后通过使大家同意，让自己的想法实现。

有一次，罗斯福要选州长助理来帮助他处理工作，他其实已相中蒙特斯为最佳人选，但为了不让人说自己毫无民主，他决定先让大家推荐几个他们认为最合适的人选。

第一个人选推举出来了，罗斯福说："此人舆论通不过，任何一个舆论通不过的人在政治上都是不适宜的。"

接着，他们又提出另一个人选，但对这个人既说不出他特别的长处，也找不到明显的不足。 罗斯福说："这种人不会受到舆论界的欢迎，请你们另举贤能。"

于是，轮到第三个候选人了，尽管他不错，但仍有不足之处。最后，罗斯福向他们表示感谢，并请他们再考虑一下。于是，他们就提出让罗斯福推荐一个人选。

最后，罗斯福提出了蒙特斯是一个适合的候选人，大家听后猛地想起，原来还有一个这么合适的人选，不由得纷纷表示赞成。

果然不出罗斯福所料，蒙特斯顺利地当上了助理。在工作中，他也得到了那些政治活动家的帮助。同时，这些议员也都支持罗斯福的工作，共同为纽约州服务，因而罗斯福的事业也更加顺畅了。

罗斯福不但与那些政治活动家们保持了良好的关系，而且成功地进行了不合乎他们心意的改革，但仍让他们心服口服，支持自己的工作。所以说，他的口才艺术可称为学习的榜样。

2. 间接地让下属承担某项工作

若直接对下属说一些事，或许会遭到拒绝，会让下属对上司产生不满的感觉。因此不妨先试试让他一点一点地做，在他逐渐适应的过程中，向其吐露自己的真实想法。到那时，自然就水到渠成了，下属接受起来也会更为顺利。

要明白，对方一下子就答应自己的要求，是很困难的。俗话说得好："心急吃不了热豆腐。"对下属也是一样，有些事情也要采取"软着陆"的办法，就像我们爬山一样，有时虽然绕些弯路，道路却更加通畅。

美国《纽约日报》总编辑雷特身边缺少一位精明干练的助理，他希望约翰·海能够留在身边帮助他。因为他是最适合不过的了，雷特认为，他一定能帮助自己成为这家大报的成功的出版家。

但是，当时约翰刚从西班牙首都马德里外交官职上卸任，正准备回到久别的家乡当一名律师。

雷特想要留下约翰，可又该怎样才能让他心甘情愿地留下来工作呢？雷特苦思冥想，终于想出了一条妙计。

首先，雷特请约翰到联盟俱乐部吃饭。饭后，他邀请约翰到报社去玩玩。这时，他从许多电讯中间，找到了一条重要消息。

那是一条很具挑战性的国外信息，于是，他对约翰说："请坐下来，为明天的报纸写一段关于这则消息的社论吧。"由于无法拒绝，约翰就动笔写了起来。

那篇社论写得很棒，约翰受到了普遍赞赏。

于是，雷特请他再帮忙顶缺一星期、一个月，后来干脆让约翰担任起这个职务来。约翰就这样在不经意间放弃了回家乡做律师的计划，转而从事新闻这一职业。

雷特间接地让约翰留下来成为自己的助手，慢慢地使约翰喜欢上了这份新闻记者的工作，从而达到了自己的目的，使他不断助自己成功。

"为了更好地一跃而后退"是一句名言。巧妙而间接地让下属为自己所用，是上司与下属交往时应具有的一项能力，上司也只有如此，才能将人才把握住，让自己的事业有进一步的发展。

与下属说话的注意事项

上司和下属有级别之分，但单位中应是人人平等的，上司不可以说出伤害他人自尊的话，比如："你真笨""我要开除你"等。话一出口，再想恢复到原有的相互尊重的关系便困难重重，可能会引起下属强烈的反感甚至辞职。

同下属谈话时，应注意口气。同是一种意思，同是一个出发点，但若表达得过于激烈，便会伤害到对方的自尊。上司若是经常地伤害到下属的自尊心，便会产生许多负面影响，使下属离心，连带着沟通障碍也就产生了，这会影响公司的业务进展，甚至会影响上司本人的工作。那么，怎样才能避免伤害下属呢？

尊重下属的自尊是首要前提。对于下属的尊重，还表现在"留有余地"上。一边赞扬对方的优点，一边提出具体的建议或意见，不下过于绝对的结论式的断言，这样才能给自己和对方都留下一点余地，从而达到沟通的目的。

其次，要注意不触及下属的弱点，个人的弱点一旦被触及，便会产生反抗心理，或者使消极情绪更甚。因此，应在交流沟通中尽量回避下属的弱点。

一个不被下属支持和理解的上司，一个"光杆司令"，怎么可能好好作战呢？所以无论于公于私，于人于己，"尊重"二字要时刻记在心上。

假如你在某个公司工作了不到两年，但因为水平高、受领导赏识而迅速升职，而此时你的手下有一位下属曾经是你新人时期的顶头上司。这位下属年长且资历深厚，难免彼此心里都不大是滋味，因此，你自然不能用对其他下属的方式对待这位下属。

当然，这位下属想必也清楚这种关系的尴尬，因此，每次要同你商量有关事宜时，一定会找别的同事来转达，这时，你又该如何呢？

第一，不能因为顾虑过多而放弃向他布置任务。因为私人感情归私人感情，工作归工作，上司命令、指示部下是理所当然的，只有尽到自己的责任，清楚地发布命令给部下，工作任务才能很好地完成。可以这样说："老×，明天就是这份合同的交货期了，希望您能去看一下货场，别耽误了进程。"

第二，话说回来，对方毕竟曾是你的上司，年龄大而且资历也深，因此，不要打官腔，不要对他说："××，怎么搞的！这份合同明天就到期了，货物呢？怎么还没准备好！"

这样一来，下属肯定会产生怨恨，甚至惹来全体成员的不满，激起公愤，到头来自己栽了跟头。

此刻不如本着敬老尊贤的态度，例如下班后在一块喝几杯，邀请他到自己家中来做客；下属生病时及时探望，平时和颜悦色，态度谦和地对待他。即使将来不在一个公司了，仍能和睦共处。

第三，虽然他目前是你的下属，但毕竟见多识广，经验丰富。因此，你可以尊重他的意见，彼此交换意见、相互切磋，共同为搞好工作而努力。如此一来，他也就不会因尴尬而对你敬而远之了。

若是按照以上三点去做，并试着改善彼此的关系，开始时可能会觉得不太习惯，但久而久之就会习惯的，进而还能与下属像老朋友一样和谐相处，当然，你的上司也会越做越成功。

模糊语言的妙用

　　人的情绪变化不定，而职场上对很多难以定性的事情也是很难做出准确答复的。所以，在职场管理中，遇到有情绪失控或很难答复的事情时，在必要时模棱两可的话可以起到很重要的效果，可以有效地缓解矛盾，从而解决问题。

　　1. 巧用模糊语言可以避免陷入矛盾境地

　　上司在与下属谈话中，常常会遇到这样的情况：有些问题必须回答却不知如何回答。一旦回答错了，就会把问题弄得糟糕而不可收场，但只要镇静地巧妙周旋，最终一定会摆脱困境。此时，运用模棱两可的语言就是一种好方法。这种方法是用模糊不定的语言，不让对方精确地把握答语的含义，从而使语言在谈话中更加灵活、生动、形象。

　　有一艘豪华客轮满载游客，即将到达旅游胜地的时候，客轮却逐渐停下来了。原来，是客轮出了问题。游客见客轮迟迟不能起航，心情开始浮躁起来，他们围着领队，十分焦急地追问客轮何时能够起航，何时能够顺利地到达，有的游客则进行责问，有的甚至开始"骂娘"了，情绪十分激动。这时候，他们的领队却镇定自若，面带微笑，不停地向大家打招呼："请大家少安毋躁。客轮只是出了点小问题，没事的，技术员们正在做检查，马上就可以起航，一会就可以到达目的地了！为了大家的人身安全，请大家再耐心等待一会儿，再耐心等待一会儿！"她不停地安抚道。

　　在这里，他们的领队，针对游客既要平安又要早日到达旅游区的想法，面对游客的盘问与责备，并没有急躁，也没有给出确切的答复，却用一连串的"一会儿"、"马上"等无法确定确切时间的词语，然而正是这些模棱两可的语言的运用，使游客们平静地度过了等待期，这正是因为她巧用模糊语言抚慰了游客们急躁的心。 试想，如果他们的领队在自己不确定的情况下，给出了明确的时间，或者说时间短一些，如"十分钟之后，就可起航"。 但是，倘若十分钟之后，客轮仍然停滞，就会把自己推向矛盾的境地，即使到时再作解释，游客们也不会相信她了，到那时，怨声再起，更难平复。 或者说时间长一些，可那只会增加游客们的怨气，于事无补。因此，面对游客的盘问是一定要回答的。

2. 巧用模糊语言可以避免令自己难堪

（1）用模糊的语言应付论人是非者

总有一些下属会四处散布流言，说三道四。

俗话说："来说是非者，便是是非人。"这种人常处于一种心理不平衡的状态，嫉妒心很重，他们甚至于想要把自己的快感建立在他人的不幸之上，总是巴不得看其他人倒霉。 作为上司，千万不要想当然地认为，在自己面前搬弄他人是非的人就是对自己很忠心的亲信。 其实，在领导面前道他人是非的人，在其他人之前亦是如此。

跟这样的下属交谈时，要学会隐藏自己的想法，对他所道的别人的是非，也不要轻易赞同。 当然，也不要得罪他，不要企图令对方住口或对其下逐客令。 在说他人是非者的心目中，上司至少还是可以与他交流的对象。 对于这样的人，就可以采用模糊的语言给予回复。

这种冷淡的反应，会让下属无法继续谈话，知难而退，从而中止谈话。先用哼哈之类的模糊语言进行敷衍，然后，主动把话题引向积极阳光的方向，若是实在不可摆脱，还可以选择巧妙的借口，三十六计，走为上计。

（2）用模糊的语言应付谈人隐私者

在与下属谈话的时候，上司要避免触及别人的隐私，那是他人内心深处一块不希望被人侵犯的领地，应尊重他人隐私的神圣性，当然，尊重他人的同时也是尊重自己。

有时上司也会被下属问到隐私问题，比如"你的收入多少""夫妻感情如何"等隐私问题。如果一旦被这些好事者探得一点蛛丝马迹，就可能会面临着空穴来风、流言四起的局面。因此，遇到这样的人，就不能"实话实说"了，可以采用模棱两可的回答方法，既不冷落对方，又不使自己为难，两全其美。

如下属问你："你的收入是多少"时，你可以回答："比你的多不了多少"；若是下属打听你的出身和来历，有意问："你是怎么成为这个单位的一员的"，你可以说："如果你感兴趣，待以后我慢慢地告诉你"；如果下属打听到你的父辈是某一级领导或在本单位当上司，而故意问你："你在这个单位过得不错吧"时，你可以说："托你的福，过得还可以"。

陈经理在职场打拼多年，对于那些八卦问题自有一套应付办法。他的上司刚被提拔为更高一级单位的主要上司之一，于是，有些下属借此对他有些讽刺地说："这下子你可平步青云了吧！"陈经理明白对方的意思，无非是在说处在他这样特殊的位置上，并不是靠自己的才干，而是依附于他人得到的提拔。但是，陈经理没有为之做过多的计较，只是一笑，说："真的？你已经算出来了？那我可要感谢你了。"答话不卑不亢，但却外柔内刚，对方立即为之语塞。

试想，如果陈经理真的与之较起劲来，说出一番大道理，反而显得他太过认真，会适得其反。

陈经理采用的是避实就虚的模糊回答法，这种方法在与下属交谈中是很常见的。倘若你是业务经理，可能常常能听到有下属以半真半假的口吻对自己说："听说你最近谈成了一笔大生意，该发财了吧？"若不承认，对方肯定是半信半疑，但若承认了，也许正落入了对方的圈套，而且，这可能并非真实情况。此时，你可以这样回答："我听说了，你也听说了？那咱们一块干吧！"听了这样的话，下属不好意思回答什么，也就不会再追问了。

（3）用模糊语言把对方问的问题抛给对方

若是碰上有意刁难上司的下属，上司可以来个模糊回答法，把对方问的问题再抛给对方。

汪某是个乐于看他人笑话的人，总是喜欢看人出丑。有一天，他的主管郭某因为失误被上司批评了。汪某得知后，就幸灾乐祸地问郭某："听说你最近有些不顺利的事，怎么啦？"郭某一见他那样子，不禁有些气愤，但他平静下来说："既然你已经知道了，还有什么好说的？"

郭某的回答，是把问题顺势又抛给了汪某，既然他已知道了，那就让他回答好了。

3. 慎用模糊语言

如今，社会上的竞争越来越激烈，职场中，为了特殊需要，上下级之间越来越注重交际艺术，特别是把语言作为交际的工具。对于谈话的技巧，也越来越讲究模糊化的口才艺术。在日常工作中就有很多像这样的话："这件事，需要召开专门会议，恐怕要研究之后，我们才能给确切的答复"、"我们正在解决，快了，快了"、

"我们现在还不能给您答复，请您谅解"。

在与下属交流沟通时，必要时可以用模棱两可的回答，一来可以照顾到现实的需要，二来也可以不至于陷入不可后退的地步。但并非在任何时间，模糊语言都有好的作用，有些时候，只能用准确的语言而非模糊语言。

从语义特点上来说，模糊语言比准确语言表达的意思更轻一些，对同一事件的表述，模糊语言就显得有点轻描淡写。因此，若不分场合地运用模糊语言，只会给人留下不踏实的人格印象，甚至有激怒对方的可能。

1972 年田中角荣访华，当他在招待宴会上致谢时，没想到自己其中有一句话差点在日中两国政府的关系上投下了阴影。田中角荣说："过去几十年间，日中关系经历了十分不幸的过程，在这期间，我国给中国国民添了很大的麻烦，对此，我再次向中国人民表示深切的反省之意。"周恩来总理问道："您对日本给中国造成的损失怎样理解？"田中角荣发觉自己无法再用模糊的语言回避问题，便惭愧地说："给您添麻烦这句话，包含的内容并不那么简单。我是诚心诚意、如实地表达自己赔罪的心情，这是不加修饰地、很自然地发自日本人内心的声音……我认为，前来赔罪是理所当然的。"日本侵华，给中国人民造成了巨大的灾难，深重的痛苦，田中角荣却只用"添了很大的麻烦"就想过去了，那实在是太轻描淡写了。因此，田中角荣不得不再次表白。

在此事例中，我们应明白模糊语言的特点，以正确使用。

模棱两可的回答法，是上司在特殊场合下所采用的一种说话技巧，却并不是自己为人处世的原则。不分时间、不分场合一味地模棱两可，遇到问题就想回避，来回"踢皮球"可不是我们所提倡的。

发布坏消息的艺术

上司有时不得不说一些难听的话，但关键是要委婉一些，尽量减轻对下属的打击。 比方说，告诉下属被降职了或被解雇了；下属很辛苦做好的计划书，却被上司否决了，等等。 此时，也可采用下列方法变通，使下属坦诚接纳。

1. 变更计划时

如果要改变已经决定的计划，该如何向下属说明？ 万万不能对下属说："不关我的事，都是经理一人说了算，我无能为力！"

虽然这样能将责任推给上一级，自己暂时没有问题了，但部下会对经理产生怨气。 或者，一旦下属明白上司是在推卸责任，肯定会对上司产生极大的反感，上一级的威信也会受到损害。

上司不可以为达到防止下属反对的目的，而用高压手段制止下属开口，这样做会引起下属的不满。 正确的态度应该是动之以情、晓之以理，使下属真正地心服口服。

2. 提案被耽误时

有时，上司收到下属的提案，并且满口答应"看一看"，但因为忙碌，最终还是没有看。 可下属又很想得到一个答复，如果下属主动问上司："那个提案，您过目了吗？"

假如出现这种事情，上司应该直率地说："我现在很忙，实在没有时间细看。 不过一周之内一定会给你一个满意的答复！"

假如提案应该上交高一级领导，而上一级的态度又不明确，以至于没有确定结论时，最好能说明原因，表示自己已经递交给了上级，但迟迟不见回音。若无奈催促上一级时，所得答复却是否定的。这时更要详细说明，一定不可以草草了事。

3.解雇降级通知时

上司最不愿宣布的消息，就是告诉下属他从明天起就将失去自己的工作。实际情况是，解除雇佣关系不管对员工还是对老板来说都会带来一种精神上的不安。许多管理人员都承认，他们总想延缓这种冲突和矛盾，希望出现奇迹，或者情况有所改变，或者希望雇员能够自己辞职。

必须辞退某个下属的确会加重上司的负担，但在现代公司管理中，有时经理不得不这样去做，因为公司不得不考虑到成本及每个员工对公司的价值。在经理对某位下属讲"我们必须让你走"时，常常有犯错的感觉。因为觉得此下属落到这一步，自己也有责任。有时甚至认为这位下属的失败也是自己的失败，也许还会说"首先我不应该雇佣他"或"如果我在培训他时做得很好的话，我应该看到出了什么问题，再帮他解决问题"。

如何应对下属的抱怨

无论什么组织，在发展中，不可避免地会出现某些成员对该团体或负责人心生不满，或者有所抱怨的事情。作为一名上司，在此种情况发生之时，如果未能有效地加以解决，往往会使问题扩大化，并更加棘手，最终造成的后果将无法挽回。

下属的抱怨对于上级可能不值一提，但对下属自身来说却非常重要，因此，上司不应该把下属的抱怨看成幼稚、愚蠢的而予以忽视。虽然下属不会因抱怨而辞职，但他们会在抱怨无人听取且无人考虑的情况下提出辞职。假如事情发展成为这样，他们会感到一种对他们人格的不尊重，使他们不能再忍受。

作为一名上级，抚慰、礼遇下属就必须舍得花时间听一听他们的怨声，不满并不意味着不忠。一般人的观点是，对某一事情不满的人会对公司、管理部门充满怨恨，这是非常荒谬的。实际上，正是这种抱怨和不满，能使上级认识到其他人可能有同样的问题。

若下属总是忍耐，虽表面上一团和气，但却会严重影响工作的效率，进而会危及企业的生存和发展。假如上级可以及时处理下属的抱怨，解决他们的问题，他们就会心存感激，因为他们会彻彻底底地感到上司对他们是重视的，因而在以后的工作中会更努力，按照领导的指示做事情。

从某方面来说，上司的很大一部分职责是听取抱怨。一名优秀的上司应该乐于接受下属的抱怨。假如短时间内没时间听下属诉说，也应找一个时间让下属诉说。切记不要当场反驳下属的怨气，要让他们说出心中的意见。有时候，他们似乎希望上司采取某些行动，但是只要上司给予他们一对善于倾听的耳朵，他们就已经满足了。 如果抱怨的对象涉及另外的下属或其他部门的员工，你还必须听取另一方的意见，使得问题可以公平地解决。

下边是应对抱怨时的关键点。

1. 认真倾听

在听下属抱怨时一定要认真，因为这不仅表明上司尊重下属，而且有可能发现究竟是什么激怒了下属。

2. 掌握事实

要在充分调查的基础上作答，要掌握事实——全部事实，要把事实了解透了，再做出决定。 只有这样，才能做出合理的决定。

3. 解释原因

不管你是否同意下属的意见，都要解释为什么会采取这样的立场。 如果不能解释，那在下达决定之前最好再考虑考虑。

4. 不偏不倚

用事实来说话，然后做出不偏不倚的公正的决定。 做出决定前，要弄清楚下属的观点，假如真正了解了下属抱怨的来龙去脉，或许上司就能做出支持下属的决定。 在有事实依据需要改变自己的看法时，不要犹豫，不要讨价还价，要果断地做出决定。

也许很多上级没有过人的才华，却仍然能有效地掌握人心，其关键在于他们能首先考虑下属的心理因素。 因此，只要上司不忽略此种技巧，让下属拥有表现自己的机会，那么，上下级的关系一定会越来越和谐。

高效实施命令的秘诀

命令在领导人管理中是很平常的用法，它既可以通过文件间接传达，还能以口述的方式直接下达。身为一名领导者，"有令必行"应该成为你管理下属的目标。相反，如果在实际执行过程中，命令被打了"折扣"，预期的效果就很难达到了。在现代管理过程中，命令被打折扣是经常出现的事情，但是，命令在被执行的过程中走了样，将阻碍你工作的正常开展。

但是，假如你的命令往往在下属那里打"折扣"，原因很可能是出在你自己身上，也许你需要学习一下怎样对自己的下属发号施令。

一般来说，优秀的上司下达命令时会注重以下几点：

1. 突出重点，避免面面俱到

你的命令如果过于详细和冗长，只会让下属找不到重点，造成错误的理解。

2. 命令应强调结果，不必太强调过程

要达到这个目的，你可以采用任务式命令。即告诉员工你需要他做的事情和时间期限，但是不用告诉他方法。"怎么做"是他应该考虑的问题。任务式的命令能够完全调动员工的想象力、主动性和积极性。不管你的目的是什么，这种方式都会把人引导到做事的最佳路线上去。假如你是自己做生意，那么，你可以通过增加效益来实现。

在员工明白自己应该做什么和你要的结果时，你便能够更加有效地监督他们的工作了。

3. 尽量使你的命令简单化

若你下达的命令简洁、清楚，员工就会知道你到底想要什么，并且会立即开始去做。很多时候，员工没有做好工作主要是他们没明白你的意思。要是你想别人全部按照你的命令去做，那么，命令的简单扼要绝对是非常必要的。简单才是最好的，因为它不但便于大家理解，还可以减少发生错误的机会。在商场中，成功的企业往往在工作各方面都追求精确、简单，如简洁的策略，简单的计划和执行纲领，有专门的决策机构，能够简化行政管理程序，以便于采用简单的直接联系。

身为一名上司，你的命令能否有效传递，关系到事件的最终结果。如果想要让命令高效实施，就要掌握传达命令的技巧，明白职员心中所想，不要说一些无关主题、无关痛痒的话。简洁、明了、重点突出才不会让接受命令者一头雾水，也不会让接受者有逆反情绪，才能使信息更加清晰地被接受和执行。不要以为自己是领导就可以随心所欲地发号施令，你的随心所欲换来的很可能是阳奉阴违，并且命令执行不彻底也是枉然。因此，下达高效、清晰的命令也是领导者应具有的重要能力之一。

第十章

会表达，就能让家庭远离争吵

沟通是寻找美好回忆的良方

语言沟通是夫妻之间不可缺少的润滑剂。温馨的情感沟通让夫妻之间的情爱更浓，浪漫的甜言蜜语犹如陈年老酒，回味悠长。而夫妻间情爱沟通包括：

1. 直接表白

结婚后，轰轰烈烈的爱情就会转成为平淡温馨的家庭生活，夫妻之间自然少了许多甜蜜的情爱言语。如果要维系感情，在某些时刻一段深情的感情交流会勾起双方美好的回忆，再次激起爱的涟漪，从而加深感情。

一对中年夫妇工作很忙，很少有沟通的机会。可是每到晚上下班回家或休息日的时候，总要说一些情爱话题，一同看爱情电影，一同回忆他们相恋的美好时光、说过的甜言蜜语、共同走过的路。对方生日和结婚纪念日时还举办一些小活动，以此来加深夫妻间的感情。

要常表达出爱意来，它可以激起平淡生活中爱的浪花。但现实生活中许多人却忽略了这一点，结果感到婚后的日子平淡乏味，没有激情，最后，出现感情裂痕。

一句简单的告白，如"我想你"之类的话又能耽误多长时间呢？区区几分钟就可以感受婚姻生活的美好。所以千万不要淡忘婚后的情感沟通，这能够维持感情甜蜜。

2. 开玩笑

有幽默感的人，会用笑话来营造家庭欢乐的氛围。

有些夫妻下班回家后，双方分享一天中的趣事，尤其是女性，这其中就体现了深深的爱意。繁忙的生活中，玩笑话可以调节心情，放松生活压力，增进感情。

一对夫妻有了小矛盾，妻子不理睬丈夫。然而丈夫灵机一动，忙哄妻子说："生气老得快，愁一愁白了头，你想弄个老妻少夫呀？"

妻子一下子被丈夫的话逗笑了，心情也就雨过天晴了。

3. 关爱的话语不能少

情爱的语言不一定都有"爱"字，体贴、关心、祝福之类的话也饱含爱的深情。

大家工作都很忙，对家庭的投入相对少了许多。但一定要记得在爱人生日时道一声生日快乐，送上一份小礼物、一束鲜花，说句漂亮话或与爱人做一次意味深长的感情交流，来表达对爱人支持自己工作的感激之情。爱人一定十分感动，从而使两人更甜蜜。

情感交流是夫妻间感情的润滑剂，所以，一定要多交流，多说些爱的语言，平淡的婚姻生活也会激起涟漪。

如何调剂夫妻感情

在日常生活中可以借助轻微的嫉妒之心升华感情。

1. 适当地加点润滑剂

凡事有度，把握好这个度才能将事情办好。 嫉妒超越了度的范围就会滋生矛盾，甚至导致不可逆转的遗憾。 所以说，要掌握好这个尺度，将嫉妒运用得恰到好处，效果就不一样了，它不但可以维系夫妻间的感情，还能增进甜蜜。

嫉妒是对感情的重视，也是夫妻感情的润滑剂，生活要有适度的嫉妒。

2. 爱他就给他自由

不要把你的意见强加给对方，也不要依照你的爱憎去改变爱人。

狄斯累利确实如此。 他一直过着单身生活，直到 36 岁那年，他向一位非常有钱却大他 15 岁的寡妇求婚。 她已年过半百，头发苍白。 这是爱情的力量？ 当然不是。 她很明白他是为了她的财产才向她求婚的。 因此，她让狄斯累利给她一年的时间去了解他。然后他们结了婚。

这个故事很无趣，但搞不清楚的是，在所有支离破碎的、家庭生活不美满的婚姻中，他们俩却可以被其他家庭所效仿。 妻子已经老去，也没有天使般的美貌，但她却懂得如何对待男人。

她从来没有想过与狄斯累利在智慧上一较高低。

丈夫工作结束，拖着疲惫的身体回到家后，他的妻子玛丽总对他说那些温和的家常话，让他身心放松了许多。

狄斯累利在家中修养，在玛丽的宠爱下，这个家越来越吸引他了。和妻子在家中共同生活，成了狄斯累利生活中最快乐的时光，她也成了他的伴侣、亲信、顾问。

每天丈夫都是立刻返家，把一天的新闻向玛丽汇报，玛丽总是坚定地支持他，并且深信不管他做什么事情都不会失败。

两人相互扶持了 30 年。她所有的财产，都为狄斯累利换来了有价值的舒适生活。狄斯累利回报给她的，是把她当成了他心目中的女神。英国女王维多利亚 1868 年封玛丽为比肯菲尔德女子爵。

玛丽有时很愚钝，且注意力不集中，但她从来没有遭到过狄斯累利的批评和指责。甚至有人讥笑她时，他立刻会为她说话。

虽然玛丽不完美，但是他 30 年来总在不知疲倦地赞赏她、夸奖她。狄斯累利说："我们结婚 30 年，我从没有厌烦过她。"

狄斯累利经常说："玛丽对我很重要。"玛丽经常说："我很感谢他对我的爱。他使我的生活成了一幕永远都不会结束的快乐喜剧。"

虽然没有相同的家庭，但有一点是可以肯定的，那就是营造和谐的家庭生活，要从支持做起，爱他就要给他关怀和自由。

要懂得如何赞美孩子

南京某厂技术员周宏用赞美的办法，把几近失聪的女儿婷婷教育成了高才生。

周宏第一次看小婷婷做应用题，10 道题竟然做错了 9 道，按说该发火了，可是他没有。 他在对的地方打了一个大大的红钩，并由衷地赞扬她："你太了不起了，第一次便能完全地做对 1 道题，妈妈碰都不敢碰呢！"8 岁的小婷婷听了这些话，自豪极了。 在父母的鼓励下，10 岁那年，婷婷就写作出版了 60000 字的科幻童话。 消息见报后，许多残疾儿童闻讯而来，都在周宏的"赏识教育法"下得到了很大进步。 他说："即使别人都看低你的孩子，你都应该眼含热泪地欣赏他，拥抱他，赞美他。"

周宏巧妙地把赞美运用到了孩子的真善美上。 赞美开发了孩子内在的潜力，激起他们学习上的兴趣爱好，唤起了他们强烈的进取心，使得孩子变"要我学"为"我要学"，从心理上突破障碍。

然而，在现实生活中，有的家长认为孩子是自己生的、自己养的，督促学习也是职责所在，不必老是哄着、捧着，甚至以为不打不成材。 这些家长老是"居高临下"，严格管教孩子，结果孩子在家长的高压下，心情焦虑，逐渐出现心理障碍，严重的甚至影响到孩子的精神状况与行为方式，不少家长为此付出了惨痛的代价。 他们不知，光靠压是不行的。 只有加强引导，让孩子好之乐之，孩子才会"不用扬鞭自奋蹄"。 此时赞美比其他方式更胜一筹。

人人都想得到别人的表扬和肯定。 美国著名心理学家威廉·詹姆斯研究发现：人类本性最深刻的渴望就是受到赞美。 孩子更是如此。 孩子的成长需要有建立自信的过程,他们对自己的每一点小小的进步都非常在乎,渴望得到大人的肯定。

钟平的儿子乐乐1岁了。 有一天晚上,乐乐独自一人在玩耍,钟平有意识地逗他用调羹去撬开牛奶罐上的铁盖。 最开始,好几次他都没成功。 直到后来他碰巧撬开了铁盖。 钟平竖起两个大拇指表扬他:"乐乐真棒,顶呱呱!"小家伙并不满足,他又让妈妈将盖子盖上,然后又去撬。 钟平被精彩的节目吸引了,也就没管他了。 不一会儿,钟平才发觉小家伙手抱着牛奶罐,右手举着调羹,两眼直望着钟平,正在期待着什么,妻子提醒钟平:"你应该表扬他了,这个姿势他做了好一阵了。"就这样,他撬一次,钟平就竖起大拇指说一次:"乐乐,顶呱呱!"一连几十次,小家伙都没厌烦,而他撬铁盖的动作已是轻车熟路,甚至毫不费力。 由此可见,孩子是多么渴望得到赞美啊!

其实,心理学家罗森塔尔发现的"罗森塔尔效应",揭示的就是"赏识——赞美"的巨大作用。 现实生活中;也充满了此类的经典事例。 如19世纪德国《卡尔·威特的教育》的真实记录、我国著名教育家陶行知先生"四块糖果"的故事等。

要学会赞美孩子,就要做到:

1. 尊重孩子

家长应当把孩子当作朋友,平等相待。 切实尊重孩子,提倡"友道尊重",并从内心里真正地去赞美。

2. 要有一颗平常心

家长应将对孩子的期望停留在切实阶段。 切忌当一些不切实际的目标达不到时,便采用极端的手段来对付孩子。 "恨铁不成钢"

时，家长便会忽略去赞美孩子。

3.要了解孩子

真正地去了解自己的孩子，从而"对症下药"，激励孩子，帮助孩子，使他们好之乐之，才会学有所成。

4.要持久

孩子的培养不可能一蹴而就，成长从来都是漫长的。作为家长，应持之以恒，使孩子在赞美声中健康成长。

5.坚持原则

家长准备赞美孩子时，必须坚持原则，只有他的行为应该获得表扬时才去赞美。孩子按大人的要求去做了并做得很好，就应该及时赞美，做了不对的事情，即使孩子哭闹、耍赖皮，也应该坚持原则。否则，赞美就会失去原有的积极意义。

6.掌握时机

当孩子正在做或已做完某件有意义的事时，应及时给予合适的鼓励。如果一时忘记了，也要设法补上。要是孩子在老师的说服下，吃饭后能认真清洗碗筷，父母应立即予以赞美。须知，在孩子应当得到赞美、渴望得到赞美时，成人的"熟视无睹"无异于给孩子当头浇上一盆冷水。

7.就事论事

不能赞美孩子的一切，而应该赞美孩子的具体行为，也不要夸大其词，言过其实。例如，孩子完成了一幅很好的画作时，千万不能说："真聪明！"而应说："哟，这幅画不错。"要知道，过分的赞美，会使赞美种下虚荣的种子。

8. 当众赞美

孩子得到赞美时，应当着别人的面得到。如，孩子的妈妈说："孩子很懂礼貌。"以后孩子总是十分小心地维持这种赞美，并逐渐地养成了懂礼貌的好品质，每次将客人送到门外，都会说："再见，请以后再来玩。"

9. 掌握分寸

孩子经过努力做出了成绩，或是仅做完了自己分内的事情，都应该得到赞美。但在日常生活中，尽量避免重复赞美同一件事情，当孩子养成良好的习惯后，就可以适当减少对孩子这一方面的赞美。赞美孩子并给予适当的奖励，或是亲吻，或是搂抱，这些都能产生双重的效果。

教育孩子，家长不应当吝啬赞美，吝啬肯定，吝啬鼓励。只有学会这些，并正确地运用到实际中，才能让孩子在成长中建立自信，鼓起前进的勇气，大胆地往前走。

平等地和孩子交谈

青春期的孩子，已经有了一定的自我意识，希望能更自主地生活，对父母的意见不会盲从，甚至会顶撞、不听话、惹是生非。 在这种情况下，如果父母不能从心理变化的角度来理解孩子，仍然唠唠叨叨、严防死守、非打即骂，那必将加重孩子的逆反心理，最终使家庭教育走向失败。

许先生是北京某大学的教授，在谈到身为父母如何与孩子说话时，许先生满怀深情地说：面对儿子青春期的逆反心理，作为家长，我深刻地感到了压力。 以前孩子每天爸爸长爸爸短地缠着我说个没完，什么班里某某同学今天被老师批了，某某老师讲了一个很风趣的故事，等等，常常是滔滔不绝、兴高采烈。 可近一年来，儿子已不再如以前那样跟我聊天，许多他的事情，班主任老师告诉我了才知道，跟我也不像以前那样亲昵，有时候还会对我说的话置之不理。 每当这时我真是又伤心又恼火，有时甚至会痛骂他一顿。但从此之后，他的话就更少了，而且放学后迟迟不愿回家。 在心理上我觉得儿子与我越走越远了。 在惶惑中，我开始反思，是什么使我和儿子在心理上和感情上分开了呢？

我想起儿子刚来北京时，每次吃饭的时候，他一提起话头，疲惫不堪的我马上制止了他："吃饭吧，吃完了再说！"儿子吃完饭，刚讲了几句，我又发令了："先写作业吧，否则又得熬到深夜。"于是儿子的话语就渐渐少了。 我又想起，儿子有一次没完成作业，我不分青红皂白就训斥了一顿，并下了一道死命令，今后不完成作业，就别跟我说有什么要求。 事后才了解到他那天晚上一直在赶制两天后参加科技创新大赛的作品。 想象得出，那天的我一定不是一个和蔼的父亲形象。 儿子就是这样被我这个高高在上的父亲赶走了！

反思了很久，我终于醒悟过来，便找了单独的时间与儿子进行了长谈。 首先，我向儿子诚恳地道了歉，并希望得到他的原谅。儿子抱着我哭了，他说他很孤独，有时也很累，他真希望爸爸妈妈理解他，也能像朋友那样分享他的快乐。 这次长谈之后，我调整了自己的教育方略，凡事以商讨、建议的口气进行，像是一对亲密的朋友，再忙，都要坚持每天同儿子交流对一些人和事的看法，尽可能陪孩子玩会儿球、散散步。 现在，儿子又和我亲近起来，家里又重新有了欢乐的笑声。

我庆幸自己懂得去理解孩子，放下架子，蹲下来同孩子说话，终于在情感上重新找回了儿子。

一位访澳归来的老教师，在谈到澳洲的教育方式时说：澳大利亚的家长蹲着和孩子说话给我留下了很深刻的印象。 一个周末，我们邀请了一对青年夫妇和孩子来吃晚饭，小孩早早就吃完了，要下地去玩时，这位家长蹲下来对小孩子说话。 当时，我感到很惊讶，以为这是这位妈妈特有的教育方式而未再多问。 又一个周末，当学校的一位秘书述蒂请我住到她家共度假期时，我又一次见到这动人的情景。

当我们一同去超级市场时，4 岁的儿子因为姐姐先坐进汽车而不高兴了。 述蒂在车门口蹲下，两只手握住儿子的双手，脸对脸，目光正视着孩子，诚恳地说："罗艾姆，谁先坐进汽车并不重要，对吗？"罗艾姆看着妈妈会意地点点头，便乖乖地钻进了汽车，并挨着姐姐坐下。

第二天上午，我们和孩子们去公园玩，罗艾姆欢喜雀跃，到湖边去看戏水的鸭群时，不小心绊了一跤，两眼噙满了泪水，马上要流出来。 这时，述蒂又很自然地蹲下来，亲切地对儿子说："只有小宝宝才摔倒就哭呢，是不是？ 你是个大男孩儿，绊一下没关系的，对吗？"这时，我也试着学着蹲下与他说话，面对着罗艾姆说："是的，你是个大男孩了，对吗？"孩子一下子就收住了眼泪，自豪地玩去了。

这时，我禁不住同述蒂谈起了对孩子的教育方式。 她说："在我小的时候，父母就是这样教育我的。 我们认为，孩子也是人，也是独立的人，他们也希望平等地交流，我们就应该蹲下来同他们说话……"

澳大利亚母亲的言语和行为使人想到：家长蹲下来同孩子在同一个高度上谈话，同孩子脸对脸、目光对视着谈话，这是一个家长能够给予孩子的尊重，体现了成人对小孩子的事情或问题认真亲切的态度。 同时，家长可以轻声细语地耐心进行说服教育，而不是居高临下，更用不着大声呵斥。

采用这样的教育方式，能促使孩子意识到自己同成年人是平等的、是受到尊重的，有利于从小培养孩子独立自尊的人格；"蹲下去"能帮助孩子认真对待自己的问题或缺点；它也为孩子创造了乐于接受教育的良好心境，而不是对孩子唠唠叨叨或加重他的逆反心理。

如果我们总是站着面对孩子，相差的就不仅是身高上的几十厘米，而是一代人与一代人之间的距离，一颗心与一颗心之间不能沟通的距离。 与孩子对视着交流，对孩子来说是一种极大的关心与理解，是儿童能够接受的一种爱护；蹲下身来和孩子说话，儿童离我们的距离就会缩短；蹲下身来和孩子说话，是我们关心儿童内心世界的一种方式；蹲下身来和孩子说话，营造出来的是一种民主、和谐的相互尊重的成人与儿童的关系，将会使每个孩子一直在阳光下成长。

对孩子说话要讲究技巧

孩子希望别人能懂得自己的情感，或情感上的焦虑。 因此，父母必须要掌握情感交流的秘方，做孩子愿意倾心的对象，增强彼此之间的信任和感情。

作为孩子，如果遭遇了问题或烦恼，首先想到的是寻求父母的帮助。 如果做父母的不善于与孩子交流，也就从一开始就阻断了与孩子之间的融洽关系。

小花是一个既紧张又爱哭的女孩子。 她与表妹小羽相处了一个假期。 暑假快结束时，小羽就要回家了。 小花非常舍不得，失落地与妈妈倾诉道："羽羽就要走了，以后又只有我一个人了。"

妈妈很轻快地说："你再去找一个好朋友就好了。"

小花回答说："可我仍然会感觉到寂寞。"

妈妈开始安慰她："过不了多久，你就会忘了。"

"啊？！"小花说着说着便流下泪来。

妈妈生气了："你都快念中学了，还是这么爱哭。"

小花失望地瞪了一眼妈妈，跑进卧室里，哭得更伤心了。

怎么会形成这种局面呢？ 原因在于家长忽视了孩子对于友情、亲情的渴望。 孩子会对自己的感情需求很在意。 然而，处于世故与冷漠世界的成人，往往忽略了孩子的情感需求。 这样，就会忽视孩子的感觉，对孩子的情感波动置之不理。 这种对待孩子情感反应的方式显然不利于父母与孩子之间的情感交流。

事实上，孩子们最需要的就是父母对他的重视，哪怕是当时的实际情况一点也不严重，父母也应给予关注。 或许在上例中的母亲看来，女儿不应该因为与表妹的分离而哭鼻子，但是她的反应却不应该没有同情。 母亲或许这样做更适合：女儿很难过，我应该尽最大的努力来帮助她。 尽量设法使她知道我明白她内心的感觉。 如果这样想，便可这样安慰女儿："羽羽走了，让人觉得很寂寞。""你们俩这么要好，真舍不得让她走。""你会想她的。"如此便会让女儿觉得你理解她。 父母对于孩子的了解和同情是情感的绷带，可以治愈孩子受了损伤的心灵。 因此，为使亲子交流更为通畅，做父母的也必须要对情感交流的技巧加以自觉的领会。

做父母的如何才能架设好与孩子之间情感交流的"桥梁"呢？比较实际的做法，就是突破彼此间的交流隔阂。 通常而言，当孩子试图与你谈论他内心的烦恼时，如下反应方式可能会使交流造成隔阂：

用命令、指示或指挥的语气，指示孩子应该怎样怎样，给他下命令："我不管别的父母如何做，你必须给我……"

用警告、责备或威胁的语气，告诉孩子如果他做了某件事情会产生什么样的后果："你一个孩子懂什么！"

用说教、教化或规劝的语气，告诉孩子只有怎样做才对："你应当……"

用评判、批评、否定或指责的语气，对孩子进行负面的评判："你怎么能那样做呢……"

以谩骂、嘲笑或羞辱的方式，让孩子觉得自己犯傻，把孩子归入另类羞辱他："你的行为像一个不懂事的孩子……"

正确的反应方式基本不需要表达出自己的意见、评判和感觉，使孩子自己主动坦陈意见、判断和感受，为孩子开凿一个路径，引导孩子去说话，使孩子在交流过程中发泄自己的情绪，理清自己的思路，从而真正找到解决的办法。

下面为大家提供一些简单而实用的例子：

"哦！"

"我懂了！"

"有意思。"

"怎么样啦？"

"真的？"

"我简直不相信，真是这样？"

进而引导孩子去讲去说更为有效：

"把这件事情讲给我听听。"

"我想听听这件事情。"

"后来呢？"

"听起来你对这件事情有话要说。"

"这件事看起来对你很重要。"

"咱们一起来讨论一下吧。"

与孩子有效沟通的秘诀

现今许多父母并不知该怎样去跟孩子讲道理。 父母说得天花乱坠，孩子却这耳朵进，那耳朵出，一不留神，还可能被孩子反诘得不知该说什么才好。 为什么父母和孩子间会发生沟通危机呢？ 怎样的沟通方法才有效呢？

"沟通"一词，《中文大辞典》的解释是："穿沟通达也；疏通意见，使之融洽。"用时下的语言，就是找出事物间的共性，找出事物的"平衡点"，画出事物的"交集"，其过程是"疏通"，其结果是"融洽"。 家长作为孩子最早也最亲近的老师，和谐地与孩子沟通至关重要。

1. 了解是沟通的前提

孩子与家长出现沟通危机，不怪孩子，主要责任还是在家长。为什么孩子懂的家长不懂？ 为什么孩子关心的事，家长就不关心呢？ 这是因为我们不了解孩子，不懂孩子关注什么和需要什么。如果之前都不了解孩子，又谈何沟通呢？

此外，在我们与孩子沟通之前，还要了解孩子当时的情绪状况。 孩子和大人一样，情绪好时比较容易接受不同的意见，不高兴时则事倍功半。 因而跟孩子讲理，要充分了解孩子的情绪状况。在其情绪较好时对其进行教育，若在孩子情绪失落拒绝思考时与他说理，是不会奏效的。

2. 平等是沟通的关键

为人父母者往往仗着"闻道"早于孩童辈，往往就会不愿、不肯、不屑去认同孩子的想法，就以成人的眼光、成人的标准去"箍"、去"套"、去管束孩子的想法。他们总是难以忘记自己"教育者"的角色，以至于和孩子沟通时总是难以保持平等，"你要""你应该""你不能"等词语常常挂在嘴边，孩子就会慢慢地不愿与家长沟通。

因此，在和孩子沟通时，要讲究技巧，和孩子平等沟通。我们不要总是用训话代替谈话，如果总是板着面孔，居高临下，孩子便不想和你做知心朋友，孩子不是不愿谈，就是说假话。这便需要家长以孩子的心态和孩子能理解的语言进行沟通，要蹲下身来和孩子沟通，让孩子觉得你是他的朋友和伙伴，如此沟通便能事半功倍。

3. 倾听是沟通的良方

现在许多孩子早已有了个人的主见，已经不愿意再当被训导的角色，他们思想活跃，希望有个倾诉衷肠的对象。这时的家长应该改变原来的教育方法，懂得去聆听他们的想法。最好的办法是家长经常抽空陪伴孩子，专注地做好他们的听众。

只有倾听孩子的心里话，才能使沟通成为有价值的交流。孩子向你诉说高兴的事，你应该表示共鸣，如孩子告诉你他在学校得到了老师的表扬，你可以称赞说："噢，真棒，希望你再接再厉！"孩子向你诉说不高兴的事，应当让他尽情地宣泄情绪，并对他表示同情。如当孩子告诉你小朋友推了他一把，他非常气愤时，你可以说："是不是特想揍他一顿，是吗？但你不能这样做，你可以告诉老师，请求老师的帮助。"当孩子向你诉说你不感兴趣的话题，你应该耐着性子听，并显得认真而专注，你可以使用"嗯""噢""是吗""后来呢"等词语，鼓励孩子继续说下去。于是，不仅使孩子更乐意向你倾诉，也可以提高他的语言表达能力。听与说要结合起来，要掌握与孩子交谈的艺术，耐心倾听并专注于他讲述的内容。 在孩子漫无边际的讲述中，父母可以了解他的真实想法，有时通过他的辩解，可以发现事情的真正原因，便于说服教育。 所以，和孩子交谈时，父母不要只注重自己的说话方式，更应倾听孩子的想法。

4. 信任是沟通的基石

和所有的友谊一样，两代人的沟通也要讲一个"信"字。 儿童心理医生林达举例说：一位妈妈因为 6 岁的女儿不愿与她沟通，便领着女儿去进行心理咨询，结果发现原因是妈妈将女儿告诉她的"秘密"不经意告诉给了其他人，结果哥哥姐姐们以此来取笑她，从此她就不愿再与妈妈说什么"秘密"了。 可见，孩子和家长之间的相互信任是非常重要的。

你若不能相信孩子，孩子又凭什么信任你，相信你是真心帮助他的？ 没有孩子的信任，又怎能跟孩子沟通？

5. 惩罚是沟通的双刃剑

惩罚是一种沟通，又是一把双刃剑，既可以教育孩子，也可以伤害孩子。 如何使用惩罚是教育成败的关键。 惩罚一定要有理有据。 父母要善于控制情绪，不可暴怒，更不可凶狠。 在进行惩罚时，要把注意力放到让孩子知道自己言行错在什么地方，为什么在这个地方错了。 大多数孩子都以为自己的行为是对的才去做，或者从自己的兴趣出发去干。 因此，惩罚的实质是讲道理。 父母应牢记，惩罚不能不讲道理，而是将道理渗透在惩罚之中。

此外，惩罚时不能揭短，而应就事说事。 一般来说，父母非常容易在惩罚的同时揭短。 我们应时刻注意孩子的心理自尊。 一些父母在惩罚时不断地揭孩子的短，翻老账，这样会彻底损害孩子的自尊心。

父母在与孩子沟通中应该多表扬，少惩罚，同时惩罚也需要公平和适度。

6. 赏识是沟通的最好添加剂

古语云："数子十过，不如奖子一长。"跟孩子讲道理，应突出孩子的优点，对孩子的进步给予及时的表扬和鼓励，在此基础上再对孩子的过错予以纠正，这样大人的意见才容易被接纳。如果一味地数落孩子，将孩子说得一无是处，只会让孩子产生自卑心理和逆反心理。

恰到好处的赞美是父母与孩子沟通的兴奋剂、润滑剂。家长对孩子每时每刻的了解、欣赏、赞美、鼓励会增强孩子的自尊、自信。我们要切记：赞美鼓励使孩子进步，批评指责使孩子落后。

沟通是一门学问，就像一位教育家说的那样："父母教育孩子的最基本形式，就是与孩子沟通。我深信世界上最好的教育，也是与孩子沟通。"让我们每位家长在沟通这门学问面前做一回小学生，真正成为孩子亲密无间的知心朋友！

对孩子忌说的话

父母与孩子的关系固然亲密，可也不能对孩子说话太过随意。因为，孩子与父母在年龄、阅历、心理等方面存在着很大的差异，如不注意这一点，说出许多不该说的话，势必不利于孩子的健康成长。

父母应该记住对孩子说话的几个忌讳，概括起来，主要有以下几点：

1. 说损话

有时父母难免急躁，恨铁不成钢，语言上会说些损话，孩子耳濡目染，会使他们身心容易受到伤害。

"你怎么不像你姐姐？她门门功课都拿满分！"这样的话语，无疑给孩子的自尊留下创伤。许多家长没有意识到自己给孩子造成了不安的情绪。"是啊，为什么她那么优秀？为什么父母不喜欢我了？"他的反应往往是：第一，觉得遭到了贬低，造成失落自卑的心理；第二，想要摆脱人见人爱的姐姐；第三，愤怒于没人喜欢自己。

这时，更适合的言语是："我知道你担心你的成绩不如姐姐好。我要你记住，你俩各有所长。我们也很看重聪明的孩子，你们我都疼爱。"

2. 说吓唬孩子的话

"如果你不立刻跟我走，就扔在这儿不管你了！"你真会这么做吗？孩子当然希望你不会这么做，因为小孩子最怕单独待在一个陌生的地方。 如果孩子习惯了你的吓唬，就会对此充耳不闻了。较有效的方法是：当他太出格时，你把他抱起来。 这样，他就会明白你不允许他在公共场所胡闹。

3. 说命令话

有些父母在孩子面前要威风，仿佛是在面对阶级敌人。 有的家长一味限制孩子，什么也不准，说话就是下禁令。 例如："放学后不许与同学玩，不许到同学家里去，不许吃同学给你的东西。""你每天除了学习，别的什么也不许干。"这样一来，会使孩子生活在命令中，容易变得迟钝，没有创造力。

4. 说气话

更有些粗鲁的父母，稍不顺心就拿孩子撒气。 在家没好脸，说话没好气。 孩子不敢接近，又躲避不了。 如"去去去，滚一边去"、"不要说话，给我装哑巴"。 甚至对于孩子的疑问也没好气地说："不知道，别问我。""老问啥，没完没了的……"这些使孩子横遭冷落的气话，不应该是父母的作为。

5. 说宠爱话

有些父母特别宠爱子女，溺爱子女。 常常听到什么"你是妈妈的心肝儿"、"命根子"。 有时孩子要泼，无论要什么，父母都说"好，这就给你买。"这种过分的溺爱会造成孩子的坏毛病，应该改正。

6. 说侮辱话

有些不理解孩子心理的父母，当发现孩子有什么"不端"行为时，则认为大逆不道，不是去认真搞清问题的症结，而是凭主观臆断就对孩子说带有侮辱性的语言。

有些父母使用旁敲侧击、指桑骂槐的方式，弄得孩子反驳也不是，解释也不是，只能委屈地沉默着。

任何能够伤害孩子心灵的话，都是父母与孩子交往时应该忌讳的。

7. 说埋怨话

若是孩子有时犯了错误，他会感到很无助。"我怎么会这样？我真傻。"他后悔当初没听从父母的话。就在这时，妈妈说："我早就跟你说过会这样。"转眼间，孩子便会更为无助，甚至变为反抗。出于反抗母亲轻蔑的语气，出于摆脱自视蠢笨的自卑，他开始辩解。这会让他要么在沉默中屈服下去，要么在愤怒中反叛，两样都不利于孩子成长。

较好的表达方法是：--"你已经努力了，可没成功，对吗？真为你难过。我也是这么过来的。"

8. 说欺骗话

要做言行合一的父母，切忌言不信、行不果。欺骗孩子的话一般有：

"听妈妈话，明天给你做好吃的、买漂亮衣服。"

"好好念书，考好给你钱。"

这些话不落实，久而久之，孩子就再也不信了。因此言而无信的话往往更伤害孩子。

说服父母有妙招

许多子女都已感觉到了与父母间的代沟。的确,父母因为年龄的原因,与社会有些脱节。因为缺乏交流的艺术,父母子女双方也会经常产生摩擦。

在这种情况下,要说服父母,便需要掌握一些交流的技巧。说服父母是一种特殊的交流和沟通过程。

1. 利用类比讲明道理

在说服过程中,可以巧妙地把父母的经历和自己目前的状况类比,唤起彼此间的共鸣,使他们没有反对的理由。

比如:有一位大学毕业生想到南方闯一闯,家长不同意,他就这样同父亲交谈:"爸,我常听你说,你16岁就离家到外地上学,自己找工作,独自奋斗到今天!算起来现在我可比当年的你大了两岁,我是受你的影响才这样决定的,你一定会理解并支持我的。"

这样一来,父亲突然无话可说,无法再坚持自己的意见了。

一般情况下,做父母的都有自己认为辉煌的过去,总是用过去的自己去教育子女。对于已成年的子女,如果要干一番事业,却受到父母阻挠时,便会用他们类似的经历来说服他们,进行类比,这样有很强的说服力。

2. 献殷勤,套近乎

献殷勤,不是虚情假意,而是真诚实在地孝敬父母。虽然父母有许多缺点,可做儿女的应该真心实意地爱他们,知寒知暖地照顾他们，为他们分忧解愁。 有了这样的心，你就会有许多"献殷勤"的办法，也会有诚恳、礼貌、亲切的态度，话也就讲得动听了。

需要提醒的是，若父母向你询问时，这是送上门的"献殷勤"的好机会，你一定要耐心、认真地正面回答或解释，这样一定会换得父母更多的怜爱。 长辈也渴望在生活中得到晚辈理解，你只要耐心地陪着他们就足够了。

人与人之间应该互相尊重，尤其是子女对待父母。 而这种尊重，很重要的一个方面就是经常向老人请教和商量问题。 除了那些自己能够预料到的肯定与父母的观点存在明显分歧、而又必须坚持己见的问题之外，其他的事情，则更应多找他们商量探讨，听听他们的意见，这无疑是有好处的。 即使清楚地知道自己与父母的观点绝对一致，也不妨走走过场，如此，也可以为拥有同感而获得快乐。

3. 以父母的期望作为自己的旗帜

父母对子女的未来都寄予厚望，望子成龙是他们梦寐以求的。父母时常教导子女要敢闯敢干，将来要做一个有作为、有成就的人。

在说服他们时，只要你提出的意见与他们的目标一致，就要充分利用这一点，作为有力的武器，为己所用。

有一位刚毕业的年轻人在一家公司找到一份工作，父亲却不甚欢喜儿子的选择，正在托人给他联系某国家机关。 这个年轻人说："据我对这家公司未来前景的把握，它很有前途，生产的是高科技产品，和我学的专业很对口。 再说，国家机关好是好，可是人才济济，若真要干出一些成绩，恐怕机会不多。 可是，如果进入这家公司的话，总经理要我马上把技术工作抓起来，这是多好的机会。 我从小就依靠你们，现在长大了，觉得你说得对，我应该独立地做出决定了。 我想你们一定会支持我的。"

听到这里，父亲还能说什么呢？

一般说来，父母会保持在子女面前的自尊，对过去说过的话不会轻易失信，而且会及时兑现。 所以，在说服他们时，就可以适当利用这种心理，作为自己的有力武器，很容易就会成功。

4. 发挥坚决态度的震撼力

子女在说服父母时要表明自己的坚决态度，使父母感到自己的选择是认真的，并下了决心，不管遇到什么情况都不会动摇，即使决定错了，也会勇敢地去面对担当，决不后悔。

这种坚决的态度具有柔中寓刚的作用，能深深地影响父母对你的看法。 父母从中可以看到子女的主见和责任感，就不会硬顶着把事情搞僵，甚至能转变态度，同意子女的意见并全力支持。

一位女孩的父母不同意女儿和那个男孩谈恋爱，她对父母说："请相信我的选择与决心，希望你们能理解女儿的心思。 以后吃苦受累我也心甘情愿。 如果最终你们仍然反对，那也没有办法，那就请原谅我的不孝，不能听从你们的意见。 不过，我是多么希望你们能理解和支持我呀！ 那样，我会感谢你们的。"

话说到了这里，父母还能说什么呢？ 他们并不想失去女儿，既然劝解最终还是为了女儿好，为什么还要苦苦相逼呢？ 女儿坚决的态度最终使父母同意了她的选择。

最后，需要指出的是，如果自己的意见不正确，甚至完全错误，那就应该愉快地放弃自己的意见，采纳父母的意见。 当然，理智应对和抉择也至关重要。

父母吵架时的劝说艺术

世间最美满的家庭也难免有矛盾。 父母公开吵架时怎么办？最重要的是你要当好中间人。 在大多数家庭中，父、母、子女三者的关系总是最亲密的，子女是父母爱情的结晶，是父母关心的中心，在父母面前，始终处于被爱护、被关心的地位。

有一位教育家这样说："我小的时候，隔壁一对夫妻总是三天两头地吵架，而他们吵架的时候两个孩子只是在一边傻傻地看着，或是在一边流泪，小事总是因吵架而变为大事，大事就更不得了，一直到有人劝为止。"夫妻吵架有时会陷入双方谁也不服谁的僵局，外人劝解始终不如内部消化好。 这个时候如果孩子能很好地劝架，那么夫妻的吵架问题就很容易解决，父母会因为孩子懂事而欣慰，说不定因为考虑到孩子，夫妻两人便会停止吵架。

不能把自己置于局外人的地位，对父母的争吵不闻不问，冷眼旁观，熟视无睹，自称"小孩不管大人的事"；也不能不分青红皂白跟着大吵大闹，将父母作为自己的出气对象，两人吵变成三人吵。

张浚是家里的独生子，自然从小被父母溺爱，仗着这种溺爱，他对父母说话时很少注意方式。 有一天，张浚的父母因为他们的朋友结婚送红包的事发生了口角，一个说送得多，一个说送得不多。张浚不耐烦了，大声对父母说："不就是送个钱吗，有必要如此吵来吵去吗？ 烦死了。"父母听了更加生气了，只听妈妈说："你知道什么，一送就是500，不挣钱不知钱宝贵！"爸爸也开口了："烦就滚出去，还嫌我烦。"……

就这样这架吵得更混乱了。

还有的子女偏袒一方，有意或无意地站在父亲或母亲一边，指责对方，使父母与子女的三角关系更加趋于复杂化。

一般父母吵架后会出现三种情况：

一是双方僵持，谁也不肯让步。这时最需要的是子女的安慰，做好双方的润滑剂。这时你不妨这样对你父亲说："爸，你可是个宽厚大度的人，现在怎么和您老婆这么计较啊。"相信他听了这样的话，便能在微笑之后冷静下来，一场家庭纠纷也就会化解于无形中。劝母亲时可以这样说："爸可是已经放下架子了，正准备去菜市场买些大闸蟹（当然是母亲喜欢吃的，而又不舍得买），给你做顿好吃的赔罪呢！"相信你妈会因为大闸蟹太贵而去阻止你爸，这样，你的"阴谋"不就得逞了吗？

二是吵架后，双方都感到后悔，却放不下面子去主动和好。做子女的应创造各种机会，为双方搭桥，暗中巧妙周旋，让双亲言归于好。这时可以找一个人来帮忙，例如："爸、妈，我朋友今天来咱家做客，还说好要见识你们两位的手艺呢！爸的红烧茄子和妈的烧带鱼都得好好做啊，要不我的脸可就掉地上了。"或者削一个苹果："妈，这是我爸给你的，他怕你不理他，让我给你拿过来。"吃了苹果的妈妈肯定会释怀的。

三是一方想和好，另一方却依旧有气在心。这时子女要及时将一方急于和好的心情进行传递。一般情况下，疼爱孩子的父母往往经不住孩子的感化，几经劝说，就能和好如初。无论怎样，都要有耐心，不能操之过急，另外还要讲究方法，见机行事。

如何对待父母的打骂

很多家长受"棒下出孝子"观念的影响，经常打骂子女。作为子女，遇到这样的父母应怎么办呢？

1. 应理解父母的想法

父母体罚你多半是出于你的不争气、不努力，辜负了父母的希望，由怨恨导致打骂，宣泄不满，希望可以引起你的醒悟。我们应该理解父母的举动，找找自己的原因，向父母主动承认错误。只要严格要求自己，以后不犯类似的错误，就可以避免父母的再次打骂。一个真正懂事、孝敬父母的孩子是不会计较父母的行为的，而应该更多看到自己的过错和给父母带来的伤害，理解父母此种行为的出发点都是为了自己，看到隐藏在打骂背后的父母的一片苦心。如果挨打主要是由于父母性情粗暴、教育方法不当，就需要与父母认真地交流："我知道您这是为我好，但我都这么大了，知道对错，能分清是非了，请你给予我更多的信任好吗？""您对我的期望我理解，可是暴力教育却让我真的很难受。"等等。但说这番话时最好在他们情绪暴怒之前，或事情过后父母心情平稳下来的时候，以免使事情变得更糟。

2. 不要自作聪明

不管因为什么挨了打，都不能赌气，产生对立情绪，说出诸如此类的话："你们不配做父母！""你凭什么打我？""我再也不回这个家，不想看见你们。"这样的话只会更加使父母伤心，使矛盾更激化，更重要的是会因为我们不听从父母的忠告而犯下更大的错误。 有些人，特别是青少年，将父母的打骂深深掩在心里，表面装得无所谓，为免受皮肉之苦以消极的态度应付父母，能瞒就瞒，能骗就骗，报喜不报忧，如此只能把问题复杂化。

我们知道父母打骂孩子都是为了孩子好，道理虽如此，但任何父母打骂自己的孩子时，都会觉得不舒服。 那么如何才能避免受到父母的打骂呢？

在家庭生活中孩子因受父母错怪而挨打是常有的事。 这种因误解而挨打的事确实让人难以容忍，但若是发生在你的身上则一定要沉住气，要克制自己，千万别说出过激的话来。 如"又不是我的错，你们不分青红皂白就打一顿"、"你们是不是我的亲生父母"、"我恨死你们了"等等，避免因过分强烈的反应而加深彼此之间的误会。 这时我们该怎么做才好呢？

首先，我们要耐心听完父母的责怪、训斥，弄清父母是在什么事情、什么问题上对你产生了误解。 如果确实因父母把问题搞错了，那就应适时地解释，"其实事情不是您想的那样，我之所以迟到，是因为朋友脚崴了，我送她去医院了"，只要事情本身比较简单，父母便能很快地将情绪平复下去，误解也就烟消云散了。 但是许多事情不是三言两语就可以解释清楚的，一般事发时父母的情绪比较激动，你越解释，他们可能越发火，与其如此，倒不如等到他们静下心来再解释。 虽然这样做有默认过错的危险，但保持暂时沉默对缓和紧张气氛、减少对父母的感情刺激是有好处的。 沉默不语不容易，争辩解释又会激化矛盾，在遭遇责怪时可借故设法暂时离开父母。 若是能避开父母的气话，心情就会慢慢平静，父母找不到数落的对象，怒气也会渐渐地散去。

无论采取什么办法，最终目的都是要弄清事情原委，同时消除父母对自己的误解，待大家都心平气和时再进行详细的解释，在此期间应注意自己的言语态度，更不要责怪埋怨父母的一时不当。 一切真相大白时，父母定会因误解你而觉得懊悔，而你千万不要忘记给父母以体贴的宽慰。 切忌对父母失去信任，更不能因此而采取过激的行动。 要多想想平时父母对自己无微不至的关怀，多想想往日所感受到的亲情。

3. 不和父母"顶嘴"

现实生活中，父母不可能对孩子百依百顺，加上孩子的所作所为并不一定都有道理，一旦孩子的主观愿望得不到满足，就感到失去了面子，进而开始闹情绪。 与父母"顶嘴"只能给父母带来痛苦，也让自己的心情变坏，甚至给家庭带来不和。 有的孩子并不是存心与父母过不去，有时连自己都说不清为什么会把事情弄僵。 其实原因很简单：一是自尊心太强，平时喜欢听好话，听不进逆耳话，在家里总希望父母顺着自己，一旦自己的意见被否定就要要脾气；二是脾气任性，性格自负，自以为是，过于好强；三是感情用事。

只要你真心诚意向父母说几句表示歉意的话，他们会很快转忧为喜并谅解你。 千万不要觉得认错有失面子，如果认为用语言讲和在面子上过不去，也不妨写封信给他们，这才是正确的解决之道。切忌感情用事，不理父母或找机会发泄不满，甚至图一时痛快，乱使性子，离家出走。 要避免与父母"顶嘴"，应该不断自我反省，做好自己情绪的主人，掌握正确分析问题、解决问题的方法。

4. 正确面对父母的拒绝

我们的要求遭到父母的拒绝，常常会感到失望，然而父母的拒绝是有原因的。 一是你不考虑家庭情况要求过高。 若是家庭条件允许的话，父母总会想方设法满足子女吃、穿、用等方面的要求。但有些子女为了满足自己，不切实际地提出过高的物质要求，让家庭承担不必要的负担与压力，肯定会遭到家长的拒绝。 二是你与家长的想法不合。 考虑问题要全面，要合情合理，不要只想着自己的要求，要多为家长想一想。 三是你的要求提得不合时宜，即提出要求的时间、地点、场合不合适。

那么如何处理呢？ 首先，应培养自己的家庭意识，某些要求只有在父母的帮助、指导下去实现，才能做得合情合理。 要注意提的时机，合理的要求因为提得不合时宜也会遭到拒绝，密切注意父母的情绪，更要注意时间是否合适。 还要看地点场合，一般来说在客人面前不宜向父母提要求。 考虑家庭经济承受能力，把要求的理由恰当地说清讲透。 也可努力尝试去搞清父母的想法，进行适当的试探，注意创造融洽和谐的气氛，然后再慢慢提出。

另外，被拒绝也不要伤心、气馁，父母对你的要求一概满足是不现实的，如果父母对子女百依百顺，对于孩子的成长也不一定是好事。

恰当化解与父母的争执

在孩子的眼里，父母似乎永远不会让自己"自由"；在父母的眼里，孩子似乎总是"天真"的代名词。当你对某一事物的看法与父母不一致，父母也不愿去迁就你时，你应该运用怎样的说话技巧说服父母呢？

与父母意见不一致时，很多人会与父母顶嘴、唇枪舌剑地理论，也有一些人就沉默地忍住、不表现出不满，再或者就与父母冷战、一走了之……这些做法可以在一定程度上发泄你愤怒的情绪，却会伤害你与父母之间的感情，而且也无助于培养你和父母相互尊重的习惯。因此，应学会与别人交流的技巧，以建设性的方式处理你与父母的不一致的想法。

下面不妨看看这样一个例子：

小王到北京出差时，遇到张敏，两人一见如故，很快便成为无话不谈的密友。小王出差结束便要离京，临走前小王把地址、电话都留给了张敏。

没过多久，张敏也出差，恰巧是小王所在的城市，于是，他给小王打了电话。二人在小王家见面了，久别遇知己的感觉。等张敏走后，小王的父母发话了："你怎么交了这么个朋友，仿佛人并不怎么样。"小王一听不乐意了："我交什么朋友，你们都不满意。""我们这是为你好，怎么这么不懂事？""你们看着好就一定好吗？你们觉着不好，就不能来往吗？"父母顿时火冒三丈，开始骂了起来。小王突然觉得这样说话不对，马上缓和了口气："我知道你们是为我好，张敏和我属于同一个集团，做事干练，人也挺好的，很小就成了孤儿，也怪可怜的。 再说了我都这么大了，也能分清是非了。"父母听了小王的话也缓和了下来。

父母与子女争执是常有的事，因为一个人看问题的角度往往与他过去的经历和现在的状况有关。 因此，每个人的看法都会有一定的道理。 与你相比，父母知道更多的人情世故，考虑问题会比较周到，但有时也会显得偏执。 你呢？ 由于思想上没有那么多框框，容易接受新东西，但有时考虑问题不全面。 如果你既能看到对方意见中不合理的成分，又能看到其中有道理的一面，就不仅能"化干戈为玉帛"，还会得到有益的借鉴。

当你与父母的意见不一致的时候，不如先冷静下来，想想父母为什么会有这样的看法？ 其中是否有一定的道理？ 最好先肯定父母观点中有道理的一面，再解释个人的观点。 即使你完全不同意父母的意见，也不要用挖苦的语调大声地与父母说话，父母会因此感到伤心难过。 如果你感到当时不能控制自己的情绪，可以先找个地儿去避开争吵的风头，等大家都心平气和的时候再讨论这个问题。

如果你与父母中的一位关系更亲近，便可先与他（她）沟通，说服了一位再请他（她）帮你说服另一位。 当然，你也可以请好友到家来一起参与你与父母的讨论。 如果父母知道与你同龄的孩子也有与你类似的想法，也许他们能更理智地接受你的意见。

多一些了解，少一些冷漠；多一些关爱，少一些摩擦；多一些鼓励，少一些责备。 如果我们多替父母考虑，站在他们的角度看自己，也许和父母的争执就不会那么激烈了。

孩子永远离不开父母的支持，父母更需要孩子的理解。 只要多和父母交流，坦诚相待，在争执中或许能碰撞出伟大的爱的火花。